FACE AU SUPERMUTANT

DANS LA MÊME SÉRIE

1. *Opération* Astrée
2. *La Terre a peur*
3. *La Milice des mutants*
4. *Bases sur Vénus*
5. *Les vainqueurs de Véga*
6. *La forteresse des Six Lunes*
7. *La quête cosmique*
8. *Les glaces de Gol*
9. *Le traître de Tuglan*
10. *Le Maître des mutants*
11. *Le piège à pirates*
12. *L'empereur de New York*
13. *L'étoile en exil*
14. *Mutants en mission*
15. *L'offensive d'oubli*
16. *A l'assaut d'Arkonis*
17. *La menace des Moofs*
18. *La planète piégée*
19. *Les méduses de Moofar*
20. *Les grottes de Gom*
21. *La bataille de Bételgeuse*
22. *L'amiral d'Arkonis*
23. *Le sérum de survie*
24. *Le spectre du surmutant*
25. *Les exilés d'Elgir*
26. *L'invasion des Invisibles*
27. *Le poids du passé*
28. *La citadelle cachée*
29. *Les traquenards du temps*
30. *Délos a disparu*
31. *L'agonie d'Atlantis*
32. *La moisson de Myrtha VII*
33. *Les soleils de Siamed*
34. *L'errant de l'éternité*
35. *La revanche du Régent*
36. *Recrues pour le Régent*
37. *Le prix du pouvoir*
38. *La déroute des Droufs*
39. *Rhodan renie Rhodan*
40. *L'immortel et les Invisibles*
41. *Les Métamorphes de Moluk*
42. *L'arche des aïeux*
43. *Alerte aux Antis*
44. *Le caboteur cosmique*
45. *La flotte fantôme*
46. *Le barrage bleu*
47. *Le désert des décharnés*
48. *Opération « Okal »*
49. *L'homme aux deux visages*
50. *Les dieux oubliés*
51. *L'aventure akonide*
52. *Mannes éphémères*
53. *Complots arkonides*
54. *Opération dernière chance*
55. *Rencontres extragalactiques*
56. *La mort de Mécanica*
57. *Le captif du futur*
58. *La bataille de Panotol*
59. *Les astres noirs*
60. *Médiation protoplasmique*
61. *Opération surprise*
62. *Prisonnier du plasma*
63. *Le Monde-aux-Cent-Soleils*
64. *Le planétoïde hanté*
65. *Le combat des cent-soleils*
66. *Menaces sur les mutants*
67. *Le mirage de la montagne chantante*
68. *La valeur de la vie*
69. *Le fléau de la galaxie*

70. *Le miroir de molkex*
71. *Rébellion sur Euhja*
72. *La métamorphose du molkex*
73. *Le labryrinthe d'Eysal*
74. *Le piège de glace*
75. *Les sauveteurs sigans*
76. *La course contre la montre*
77. *L'effondrement d'un empire*
78. *L'offensive de crétinisation*
79. *La sylve sanguinaire*
80. *Guérilla sur Greendor*
81. *Pas de retour pour Rhodan*
82. *Les soldats stellaires*
83. *Mulots en mission*
84. *La fin de la fuite*
85. *Péril sur Plophos*
86. *Le déclin du dictateur*
87. *Arkonis assassiné*
88. *A l'assaut d'Andromède*
89. *Planète de pénitence*
90. *Les gardiens des galaxies*
91. *La guerre du gel*
92. *Héros de l'Horreur*
93. *Microcosme et Macrocosme*
94. *Les pyramides pourpres*
95. *Le triscaphe titanesque*
96. *Le péril surgi du passé*
97. *Téléporteurs dans les ténèbres*
98. *Les condamnés du Centre*
99. *La cinquième colonne*
100. *Les Coureurs d'ondes de Chrystal*
101. *Invasion interdite*
102. *L'armada akonide*
103. *Les astéroïdes d'Androbêta*
104. *Le satellite secret*
105. *La débâcle des Deux-Nez*
106. *Les sœurs stellaires*
107. *La ville vitrifiée*
108. *Le Monde des Marais*
109. *La sphère spatio-temporelle*
110. *La station de Saar Lun*
111. *Le messager des Maîtres*
112. *L'ingénieur intergalactique*
113. *La revanche des Régénérés*
114. *L'être d'Emeraude*
115. *Tempête sur Téfrod*
116. *Les mercenaires des Maîtres*
117. *Le robot qui rit*
118. *La machine de Multika*
119. *Le transmetteur temporel*
120. *Les temples de Tarak*
121. *L'agent atemporel*
122. *L'Émir et l'éternité*
123. *Les transmuteurs de Tanos*
124. *Le seigneur de Sadlor*
125. *Le sarcophage stellaire*
126. *La piste parapsychique*
127. *La facture des faussaires*
128. *Iago l'Innocente*
129. *Miras le Maléfique*
130. *Naufrage dans le néant*
131. *Le pacte de paix*
132. *L'escapade de l'Emir*
133. *Illusions interstellaires*
134. *La faillite de Faktor IV*
135. *Multidon la maudite*
136. *Terreur sur Tamanium*
137. *Le sacrifice suprême*
138. *Au cœur de la démesure*
139. *L'énigme de* Old Man
140. *Sur la piste des hypnocristaux*
141. *Cristal-catastrophe*
142. *Sur le fil du rasoir*
143. *Remous dans les Nuages de Magellan*
144. *Des Perlians aux hommes-lions*
145. *Les partisans du Grand Nuage*
146. *Assaut sur Danger-I*

147. *Dans les grottes des Gurrads*
148. *Missions magellaniques*
149. *Le réveil d'un Titan*
150. *Transgressions temporelles*
151. *Dérive intergalactique*
152. *Poison pour une planète*
153. *Le sosie du Stellarque*
154. *De Néréide à Neptune*
155. *Offensive sur* Old Man
156. *Cités spatiales skovars*
157. *Le commandeur des oubliés*
158. *Holocauste halutien*
159. *Les labyrinthes de M 87*
160. *L'enlèvement de l'élu*
161. *La caste des chercheurs*
162. *Les insurgés du* Krest IV
163. *Projet paladin*
164. *Le repaire des Symbiotes*
165. *Uchronies akonides*
166. *Le karma de Khan*
167. *Les pirates de Parjar*
168. *Les cercueils de cristal*
169. *Les léviathans de Léthara*
170. *Le piège des Pelewons*
171. *Les Constructeurs du Centre*
172. *Le gouffre entre les galaxies*
173. *Traîtres en série*
174. *Le gardien de l'Intouchable*
175. *Le spectre du Sepulveda*
176. *Le secret de la pyramide*
177. *Sur les traces du passé*
178. *Le legs des Lémuriens*
179. *Odyssée pour des nefs perdues*
180. *Le poids des Invisibles*
181. *Pont entre les nuages*
182. *La base des Baramos*
183. *Les œufs de Baykalob*
184. *Les spectres verts*
185. *Des Bestians aux Ulebs*
186. *La tanière hors du temps*
187. *Ténèbres sur la Terre*
188. *L'humanité au crépuscule*
189. *La voie transtemporelle*
190. *L'ombre de Corello*
191. *Défi à l'antimatière*
192. *Mutants sans avenir*
193. *Les chronoclastes de Copernic*
194. *Le satellite anti-solaire*
195. *L'adieu aux Accalauries*
196. *Face au supermutant*

K.-H. SCHEER
et CLARK DARLTON

FACE AU SUPERMUTANT

PERRY RHODAN — 196

Fleuve Noir

Titres originaux :
DER SUPERMUTANT de H.G. Ewers
ATTENTAT AUF DIE *INTERSOLAR* de William Voltz

Série dirigée
par Jean-Michel Archaimbault

Traduit et adapté de l'allemand
par Claude Lamy

ISBN : 2-265-07855-7

INTRODUCTION AU CYCLE 7 « LES CAPPINS »

Près de mille ans ont passé depuis les dramatiques événements dont le point culminant, la destruction des Ulebs du Petit Nuage de Magellan, a marqué un terme définitif à la menace que faisaient peser sur les Terraniens la Première Puissance Fréquentielle et ses vassaux (voir en annexe le *résumé des six cycles précédents*). Sur Sol III et tous les autres mondes de l'ex-Empire Solaire, les calendriers indiquent la fin septembre de l'année 3431 après Jésus-Christ.

Entre-temps, l'Humanité a cessé d'exister en tant qu'unité. La plupart des planètes coloniales se sont détachées de l'Empire de Sol et, au plus profond de l'espace, des descendants d'émigrés terraniens de la première heure ont bâti des royaumes stellaires aussi neufs et impulsifs qu'autarciques. Trois importants blocs politiques distincts se sont ainsi constitués à l'intérieur de la Voie Lactée : la *Coalition de Carsual*, l'*Impérium de Dabrifa* et l'*Union Central-Galactique*. À côté de ce triptyque appelé les Puissances Alliées, quantité d'associations ou de groupements d'intérêts plus spécifiques sont nés : les Prospecteurs Cosmiques, les Pirates de Tipa Riordan, les mystérieux Scientifiques…

Sol III, la planète-mère, s'est avérée incapable de contrôler plus longtemps les 5 813 systèmes stellaires peuplés par les hommes, ni d'exercer son rôle politique majeur pour le bien de l'Humanité galactique. Le danger de voir un jour les jeunes empires mettre en commun leurs forces pour passer à l'offensive contre la Terre a pourtant été anticipé depuis cinq ou six siècles : assisté par les meilleurs experts et spécialistes en tous domaines, Perry Rhodan, systématiquement plébiscité Stellarque de Sol à chaque élection au suffrage universel, a de longue date prévu une issue à la situation de crise qui, tôt ou tard, doit inévitablement découler de l'expansion humaine considérable à travers la Voie Lactée. Son but, primordial et éternel : éviter à tout prix que des hommes se battent contre d'autres hommes, qu'une monstrueuse guerre fratricide embrase la Galaxie et répande des flots de sang.

Fin octobre 3430, alors que les Puissances Alliées s'apprêtaient à porter le coup de grâce à l'Empire Solaire vacillant, le *Projet Laurin* – l'entreprise la plus hardie de toute l'Histoire de l'Humanité – a été lancé suite à l'alerte donnée par Atlan, le Lord-Amiral de l'Organisation des Mondes Unis (O.M.U.), dont les agents veillent sans cesse dans les coulisses de la scène galactique. Pour tout observateur extérieur, Sol et ses planètes ont alors disparu dans un déchaînement énergétique d'Apocalypse, de sorte que les assaillants n'ont plus rencontré que le vide. En réalité, le Système Solaire a été englobé par un écran temporel géant et décalé de cinq minutes vers le futur, uniquement relié au présent par un fantastique canal, le chronosas…

Perry Rhodan est désormais contraint d'opérer dans la discrétion absolue, comme par exemple sur Sapa, colonisée par des Terraniens près de mille ans plus tôt mais retombée à l'ère pré-astronautique à cause d'un conflit nucléaire, et dont il faut éviter l'annexion par l'Imperator Dabrifa. En novembre 3431 est mise en service la formidable Route des Conteneurs qui, à travers l'écluse temporelle, assurera désormais tous les échanges commerciaux entre le Système Solaire et l'extérieur – plus précisément via la planète Olympe, le monde central des Libres-Marchands devenu plaque tournante galactique grâce à son complexe de transmetteurs ogivaux géants. Anson Argyris, l'empereur des Libres-Navigants, n'est autre qu'un robot ultra-perfectionné de la série Vario-500 et il opère sous d'innombrables masques. De quoi abuser, voire embobiner les agents envoyés par Dabrifa puis l'Imperator en personne qui, par tous les moyens, tente de découvrir ce qui se trame par ici ! Garder le secret sur le *Système Fantôme* et la « survivance » de Sol relèvera souvent du tour de force le plus machiavélique et motivera parfois de tortueuses opérations de contre-espionnage.

Quelques semaines plus tôt, aux abords extérieurs du chronosas, une nef composite des Bioposis a été anéantie par un Accalaurie, une des mystérieuses sphères énergétiques surgies dans la Galaxie depuis près de six mois. Poursuivant l'intrus, Perry Rhodan et son *Intersolaire* ont rallié le système de Graper où l'ingénieur en chef des mines d'hogaltan de la planète géante Salem a établi que les vaisseaux accalauries seraient formés d'antimatière et n'auraient rien d'hostile : les explosions résultant du contact avec eux seraient purement accidentelles. Cachant son identité, le Stellarque a assisté les mineurs de Salem et croisé des Prospecteurs Cosmiques en affaires pas toujours licites avec eux. C'est en mai 3432 qu'un espoir de contact non destructif se dessine grâce à Derbolav de Grazia, patriarche d'une autre tribu de Prospecteurs. Sur Maverick, un monde jovien situé dans le domaine d'influence des Bleus et regorgeant d'ynkélonium, un transuranien qui multiplierait par trente la résistance de la terkonite,

Derbolav et ses hommes sont en effet les premiers humains à rencontrer des Accalauries et à entrevoir pourquoi ces êtres antimatériels sont venus jusqu'ici : inhibant les réactions annihilatrices entre particules subatomiques opposées, cet élément rendra peut-être possible l'approche entre deux univers incompatibles.

En septembre 3432, grâce au « manteau de Maverick », un revêtement galvanique d'ynkélonium, le navire expérimental *Rolin* embarque à son bord la chaloupe d'un vaisseau antimatériel récemment détruit. L'Accalaurie Accutron Mspoern et son robot de compagnie, Lobbyhuvos, sont conduits sur Callisto, une lune de Jupiter où un complexe spécial a été aménagé pour accueillir d'aussi dangereux visiteurs. Un mois plus tard, Mspoern annonce qu'il a détecté la présence d'un satellite intra-solaire qui va bientôt transformer l'astre en nova… Une première approche avec le *Rolin* échoue ; une unité spéciale, le *Sun Dragon*, réussit ensuite à pénétrer assez loin dans la chromosphère et à atteindre la proximité du satellite tueur, mais sans pouvoir le neutraliser. Perry Rhodan devra désormais envisager de retourner dans le passé pour détruire l'engin avant sa mise en place… En novembre, sur Callisto, l'inattention d'un technicien est fatale à la résidence de l'Accalaurie et à ses réserves vitales qui ne suffiront plus que pour huit jours. À bord de l'*Arno Kalup*, L'Émir et le téléporteur Ras Tschubaï escorteront le malheureux à la rencontre de ses frères, qui se produira comme un véritable miracle chrétien : le soir de Noël, le commandant d'un croiseur terranien a l'idée d'utiliser les lampes décoratives multicolores de son navire et convainc ainsi les Antimatériels des intentions pacifiques des humains ! Mspoern, sauvé, repartira avec ses semblables pour leur univers si particulier avec un précieux cadeau offert par le Stellarque : mille tonnes d'ynkélonium.

Lord Zi-Èvuss, le Néandertalien vieux de deux cent mille ans, conservé en stase hyperénergétique dans une station subocéanique d'origine inconnue, sous la fosse des Îles Tonga, confirme bientôt une relation inquiétante entre la base oubliée dans laquelle on l'a découvert, deux ans plus tôt, et la machine infernale tapie au cœur du Soleil : lors d'un interrogatoire paramécanique, il révèle que des humanoïdes ont visité la Terre à cette époque très reculée, y ont pratiqué d'inquiétantes manipulations biologiques et auraient un rapport avec le satellite… Très ébranlé par la résurgence de pénibles souvenirs et par le terrible choc mental subi alors qu'il participait à l'expédition du *Sun Dragon*, le préhominien doit sans tarder être transporté sur Tahun, le centre médical de l'O.M.U., pour y être soigné et recouvrer son équilibre psychique. Mais la route sera longue…

En février 3432, un navire des Pirates que dirige la très vieille Tipa Riordan, détentrice d'un activateur cellulaire et sympathisante acharnée de Perry Rhodan, a été détruit par des inconnus qui utilisent une arme psychique. Et un officier de l'Astromarine Solaire, désertant sous influence hypnosuggestive, a été intercepté par la Lady-Pirate alors qu'il s'apprêtait à révéler l'énigme du Système Fantôme. En route vers une base de l'O.M.U. où le « traître » pourra être interrogé, Tipa Riordan, Atlan et Alaska Saedelaere, « l'homme au masque », sont contraints à se poser sur une planète glacée sous la menace d'un vaisseau mystérieux qui disparaît dès l'arrivée des renforts commandés par Galbraith Deighton. Le déserteur sera éliminé par un processus dont l'essence fait frémir : hormis ses facultés suggestives, Ribald Corello, le nouveau péril qui menace la Galaxie, serait aussi un transmetteur fictif vivant !

Peu après, sur Astéra, une planète ressortissant de la Fraternité de Tarye, des colons sont assaillis par des imitations robotisées d'oiseaux locaux et d'autres se comportent comme des marionnettes humaines. Sous une identité de camouflage, Perry Rhodan rallie Astéra et y mène l'enquête avec un ex-major de l'Astromarine, Joaquin Manuel Cascal : ce monde est sous l'emprise de psycho-émetteurs flottant dans l'atmosphère et coordonnés depuis le palais de la cité-capitale. Mais Corello, instigateur de cette opération, fuit dès que le Stellarque et ses compagnons passent à la contre-attaque.

En mai 3432, cet adversaire plus qu'inquiétant frappe à nouveau sur une lointaine colonie. Ses actions terroristes et les dramatiques événements qui en résultent suscitent la résurgence de pénibles souvenirs dans le cerveau-second de l'Arkonide Atlan : ceux des Crises de la Première et de la Seconde Genèse qui, en 2907 puis 2909, ont provoqué une surmultiplication des facultés psi et une démence meurtrière chez huit mutants de la Milice. Leur enlèvement par l'Étrusien Nos Vigeland, agent félon de l'O.M.U. et futur membre du triumvirat de Carsual, dont le but principal était de récupérer leurs activateurs cellulaires, s'est peu après terminé dans d'atroces circonstances. Et l'affaire a également coûté la vie à Allan D. Mercant, aux jumeaux Woolver ainsi qu'à John Marshall dont l'activateur est tombé entre les mains de Gevoreny Tatstun, une jeune Anti qui portait l'enfant récemment conçu avec feu l'hypnosuggesteur Kitaï Ishibashi : le futur Ribald Corello !

En juillet 3432, celui-ci ourdit un piège diabolique pour supprimer le mutant bicéphale Ivan Ivanovitch Goratchine et le remplacer par une « copie » grâce à laquelle il escompte découvrir l'endroit où se cachent le Soleil et ses planètes. Ce plan sera bien près de réussir… Éliminer Corello constitue désormais la priorité absolue : informé par la vieille Tipa Riordan sur l'expérimentation d'un soi-disant déformateur-annulateur temporel par les mystérieux Scientifiques de la planète Copernic, Perry Rhodan charge Joaquin Manuel Cascal de s'infiltrer parmi eux pour les convaincre de lui laisser utiliser l'appareil afin de remonter en 2909 et d'étouffer dans l'œuf la menace du Supermutant. Le Stellarque devra cependant intervenir en personne pour que l'opération se lance. Hélas, un sabotage empêchera Cascal d'agir à la date idéale, fin 2908, de la première rencontre entre Kitaï Ishibashi et la jeune Gevoreny. Début mars 2909, Joak ne pourra que s'élancer sur les traces de la future mère de Ribald Corello et localiser le système de Gevo, où elle se réfugie. De retour au présent, en août 3432, Cascal et Rhodan quittent Copernic et les Scientifiques – en possession, toutefois, des dossiers complets sur le déformateur-annulateur temporel.

Fin novembre 3432 : pour endormir les soupçons et camoufler le rôle stratégique qu'occupe la planète Olympe, Anson Argyris et la Défense Solaire y accueillent le Grand Cirque de l'Espace, une formidable compagnie de Nomades parmi lesquels se seraient infiltrés plusieurs individus à la solde d'une puissance adverse… Le télépathe Fellmer Lloyd et Big Vip Poster, ancien jongleur animalier devenu agent de la Défense Solaire, auront pour tâche d'opérer dans le milieu très singulier que constitue la troupe, au cours de représentations à couper le souffle. Ils intercepteront trois espions de Ribald Corello et retrouveront par hasard le Néandertalien Lord Zi-Èvuss qui, lors de son transfert vers Tahun, s'est échappé et a été récupéré par les gens du cirque.

Début 3433, Corello passe à l'offensive contre ceux qui ont jadis provoqué sa naissance et fait de lui un être au terrible destin. Précipités au cœur même de l'effroyable, des hommes vont bientôt faire FACE AU SUPERMUTANT…

PREMIÈRE PARTIE

TÊTE-À-TÊTE AVEC UN MONSTRE

Perçant des douzaines de cieux, un bouleau se dresse au sommet de la montagne embrumée. Doré est son feuillage, dorée aussi son écorce. Autour de sa base s'étale un lac, source de vie éternelle que l'on peut puiser grâce à une louche en or…

Vieux symbole terrien illustré dans une chanson tatare (religions sibériennes).

CHAPITRE PREMIER

Allongé sur son rembourrage multicolore moelleux comme du duvet, le monstre, les yeux fermés, s'étira de plaisir en brandissant les poings tandis que sa petite bouche suçait avec volupté une tétine couleur chair. La combinaison dorée enveloppant son corps chétif se soulevait au rythme de sa respiration.

Il était bien au chaud au centre de cet écrin à la fois humide, agréable et douillet ; en sécurité tout comme l'était le fœtus dans le ventre de sa mère.

Mais lui n'était plus un enfant ; il avait déjà quitté le giron maternel depuis cinq cent vingt-quatre ans. Un éventuel observateur aurait peut-être deviné la raison de cet âge avancé en remarquant la forme ovoïde qui dessinait un renflement à hauteur du nombril, sous le vêtement doré. Des vibrations invisibles et inaudibles s'échappaient de l'objet : celles d'un activateur cellulaire.

Les succions cessèrent brusquement. Le monstre était rassasié. Il cracha l'embout buccal qui se rétracta aussitôt dans le logement du système d'alimentation, et il ouvrit les yeux. Démesurés, larges de huit centimètres, vert clair, hallucinés, inquiétants… et pourtant humains. Des yeux bien trop grands pour le minuscule visage impubère, mais à la mesure de l'énorme crâne à la peau cuivrée sous laquelle se dessinait un réseau de veines bleuâtres et saillantes. Cette tête d'un demi-mètre de diamètre était en totale disproportion avec le reste du corps, dont la taille de soixante-dix-huit centimètres correspondait à celle d'un enfant en bas âge d'à peine deux ans.

Cependant, rien de tout cela n'aurait autorisé un homme du XXXVe siècle à qualifier ce mutant de monstre.

Non, la véritable monstruosité de Ribald Corello était de nature psychique…

*
* *

L'être nain fut secoué par un rot. Un peu d'émulsion jaunâtre coula des commissures des lèvres. Un bras mécanique s'activa aussitôt pour éponger le liquide à l'aide d'un tissu absorbant. Une douce musique retentit. La conscience du mutant se laissa imprégner de la mélodie très suave de la *Berceuse pour Enfants Solitaires*, d'Aïohan Dorami. Lorsque le chant résonna, le corps chétif se raidit sous l'effet d'une extase intériorisée. Des stimuli incestueux incitèrent les glandes surrénales à générer de grandes quantités d'adrénaline. Le rythme des pulsations cardiaques accéléra jusqu'à cent soixante.

Quand la voix enregistrée de Gevoreny Tatstun se tut, des larmes perlèrent sur le visage joufflu, tandis que les petits membres supérieurs du mutant tentaient d'agripper le vide. La bouche enfantine bégaya quelques mots tendres. Corello était dominé par une pulsion sexuelle irréalisable. Mais elle s'avérait à ce point irrépressible qu'elle exigeait de lui d'aboutir à un compromis propre à calmer ses instincts incestueux.

Ses mains tremblèrent en recherchant une touche

bien précise sur un minuscule pupitre de commande. Ses sentiments étaient trop confus pour qu'il puisse activer l'unité de retransmission positronique par quelques influx parapsychiques focalisés… Il trouva finalement le commutateur. De légères vibrations issues d'en bas, sous le doux capiton de la couche, trahirent la présence d'un générateur logé dans le socle haut de deux mètres du sarcophage. Le mutant se retourna vers la paroi inclinée et, de son regard vert clair, examina les alentours à travers le matériau transparent. À la frange de sa conscience, il crut voir passer une silhouette élancée, en combinaison spatiale légère, et animée de mouvements saccadés.

Une fente jusque-là indécelable se dévoila dans le toit de la Châsse, pour s'élargir ensuite très rapidement. Avec un faible bruit de glissement, un réceptacle oblong s'introduisit dans l'ouverture. L'objet planait sous l'effet d'un champ antigrav à l'intensité réduite au minimum. Un son mat se fit entendre lorsque sa base entra en contact avec le rembourrage.

Corello activa l'appui-tête escamotable logé dans le bloc dorsal de sa combinaison. Une tige souple se déplia jusqu'à hauteur de la nuque du monstre. Dix doigts jaillirent de sa partie supérieure, s'écartèrent puis, pareils aux nervures d'une feuille, vinrent délicatement épouser la forme de l'occiput. Le processus ressemblait presque à ce qu'une mère aurait effectué avec un nouveau-né en plaçant les mains autour de son crâne, trop lourd pour que le cou encore fragile puisse le supporter.

Le mutant était à présent en mesure de quitter sa position horizontale. La tête géante vacilla pesamment lorsque les jambes, courtes mais relativement musclées, hissèrent l'ensemble du corps. Les mains facilitèrent le mouvement en agrippant le rebord supérieur du réceptacle oblong.

Chancelant légèrement, le nain finit par stabiliser sa posture près du cercueil – car il s'agissait bien de cela – dont la surface polie et rouge argentée reflétait le petit visage déformé. Ses yeux étincelaient d'un feu obsessionnel lorsqu'il posa sa main sur un endroit spécifique du sarcophage.

Le couvercle se souleva en silence.

Corello s'y appuya tout en penchant la tête en avant. Son regard paraissait totalement subjugué par le spectacle. La femme reposait sur un coussin d'énergie. Ses cheveux étaient soigneusement peignés et sa peau semblait immaculée.

Un vêtement vaporeux soulignait les formes gracieuses d'un corps parfaitement proportionné. Les paupières closes donnaient l'illusion d'avoir devant soi une personne endormie. Il s'agissait seulement d'une apparence car un seul regard aurait suffi pour s'apercevoir que l'âme, l'esprit – peu importe comment on l'appelle – avait quitté son enveloppe charnelle. Une stase énergétique permanente pourvoyait à la conservation de la dépouille, mais la vie qui s'en était échappée n'avait plus aucune chance d'en reprendre possession.

Le mutant trembla de tout son être, les traits de son mince visage tressaillirent et sa gorge se contracta sous l'effet d'un sanglot.

Il pencha la tête en avant en poussant un cri :

— Mère... !

Une tempête d'émotions déferla dans la conscience de Corello. Affliction, douleur amère et passion irrésistible taraudèrent le corps impubère, ainsi qu'un sentiment irrépressible. Non seulement l'amour pur et innocent de l'enfance mais aussi un puissant désir sexuel, comme en suscite uniquement un complexe d'Œdipe exacerbé.

Le trouble disparut aussi vite qu'il était survenu. Le mutant recula d'un pas et leva sa petite main, comme pour prêter serment.

— Nous conquerrons la Galaxie, Mère ! s'écria-t-il de sa voix perçante. Nous serons plus forts que ne l'ont jamais été tous les souverains réunis et alors, je te ramènerai à la vie. Toutes les créatures seront tes esclaves, elles devront ramper devant toi dans la poussière, lire tous tes désirs dans tes yeux et les satisfaire, sinon malheur à elles !

Un rire aigu secoua le monstre tandis que le cercueil se refermait et remontait pour retourner à son emplacement initial.

— À bientôt, Mère ! lança Ribald Corello.

*
* *

Extrait du Manuel des Mondes Répertoriés :

Drofronta :

Géante rouge de type M 4 III.

Localisation : périphérie extérieure du Centre galactique.

Distance de Sol : 24 441 années-lumière (calculé selon les données de l'ancien catalogue stellaire arkonide).

Planètes : quatre.

Planètes colonisées : une.

Drofronta II [Galaner] :

Rotation : 22 heures 20 minutes.

Géomorphologie : 4 continents.

Capitale : Garsinath, ville-sanctuaire (voir Gouvernement).

Conditions environnementales : analogues à la Terre.

Occupation : par les Akonides depuis des temps très

reculés (date incertaine) ; colonie oubliée durant l'ère isolationniste de l'Empire Akonide.

Gouvernement : par un groupe de prêtres du culte de Bâalol, avec l'accord de la population, depuis à peu près 800 ans.

Économie : industrialisation mise en place par les prêtres de Bâalol ; productions principales : vaisseaux spatiaux, machines, positroniques, systèmes d'astrogation.

Commerce : avec d'autres mondes antis, ainsi qu'akonides et arkonides.

*
* *

Balto Linsner-Kiess regardait les nombreuses personnes qui s'étaient rassemblées dans le sanctuaire de la Célébration Spirituelle. La lueur des fausses torches baignait la halle octogonale d'une pénombre vacillante et rougeâtre. Le silence régnait, pesant sur les hommes et les femmes qui assistaient au rituel.

Le Grand Prêtre de Galaner observait le millier de visages illuminés dont les yeux étaient posés sur lui.

Linsner-Kiess ressentit la satisfaction du pouvoir qu'il exerçait sur ces gens. Ils le tenaient pour une créature divine ; tout au moins en donnaient-ils l'impression.

Une ombre ternit la physionomie de l'Anti. Ces derniers temps, on lui avait rapporté plusieurs fois que la jeune génération était plutôt hostile à la hiérarchie de Bâalol. Elle considérait celle-ci comme rétrograde et l'accusait même parfois ouvertement de conservatisme.

L'homme serra les lèvres. L'ingratitude était bien la maladie de la société. Sans le règne inflexible des prêtres et de leurs gardiens de l'Ordre, Galaner serait encore aujourd'hui une planète sous-développée. Les sacrilèges devaient être châtiés. Après un traitement dans le Feu Purificateur, les fautifs redeviendraient d'honnêtes citoyens et de fidèles sujets, comme ils l'avaient toujours été.

Linsner-Kiess leva les mains et exécuta les gestes rituels. Un soupir de soulagement parcourut l'assemblée, telle une fraîche brise matinale. La foule reprit en chœur ce que le Grand Prêtre lui dictait. Des fronts d'ondes parapsychiques, invisibles et imperceptibles, déferlèrent des cerveaux des frères de second rang à travers les niches grillagées. L'automatisme augmenta graduellement la lumière des fausses torches jusqu'à ce que le temple de la Célébration Spirituelle soit fortement illuminé. L'assistance accueillit la chose comme un témoignage de gratitude pour sa discipline, un facteur qui accrut encore la qualité de l'influence.

Le Grand Prêtre croisa les bras sur sa poitrine tandis que les portes du temple s'ouvraient sur le flot humain, silencieux et hébété.

Il préféra rester là une dizaine de minutes, le regard tourné vers la clarté rougeâtre du soleil. Sur l'esplanade, le socle de marbre semblait baigner dans une mare de sang.

Une main se posa sur l'épaule de l'Anti.

— Maître…

La voix, basse, vibrait de compassion et tremblait légèrement. Linsner-Kiess se retourna et scruta le visage ridé d'Harlon Poth. L'homme avait autrefois assumé la charge de Grand Prêtre sur quatre planètes habitées par un milliard et demi de personnes, puis les missionnaires d'un monde étranger étaient arrivés et avaient fondé leur communauté religieuse. L'erreur de Poth avait été de tolérer, parallèlement à celui déjà instauré, un autre culte qui gagnait toujours plus de partisans. Quand le Haut Bâalol – titre adopté par le Prêtre Suprême en exercice au tout début du XXXe siècle terranien, pour tenter d'en imposer davantage que l'étiquette antérieure de Grand Bâalol – en avait été informé, il avait dépêché un serviteur plus dur dans le système de Vinglan, et destitué Harlon qui avait été sévèrement puni. Nul ne savait quel genre de sanction lui avait été infligé et lui-même ne s'appesantissait jamais sur ce sujet. Mais lorsqu'il avait été affecté un an plus tard sur Galaner comme prêtre d'ordination, le quinquagénaire heureux de vivre et débordant d'énergie s'était mué en un vieillard asocial. Il évitait le contact avec les autres officiants, entretenant seulement avec Linsner-Kiess une relation de confiance sincère et amicale.

— Qu'y a-t-il, Poth ? demanda aimablement le Grand Prêtre.

Le visage décrépit du subalterne tressaillit et son regard myope épia les alentours.

— Un courrier du Haut Bâalol, chuchota-t-il. Maître, vous ne devriez pas vous rebeller plus longtemps contre ses ordres. Tout cela va mal finir !

Un pli de colère creusa le front de Linsner-Kiess.

— Ses ordres ? Ah ! Comment puis-je m'y conformer alors qu'il se laisse rabaisser à l'état de marionnette par ce Ribald Corello ?

— Il n'y a aucune révolte possible contre un supermutant, répondit Harlon. Ses capacités psychiques sont considérables et je vous le dis, Votre Grandeur, il n'est pas déshonorant pour un homme de s'effacer face à un tel être supérieur.

Balto rit avec dédain.

— Il n'y a pas dans l'Univers de pouvoir plus fort que le culte de Bâalol, Poth. Que peut un être seul, même doté des plus redoutables forces parapsychiques, face à la puissance mentale de millions d'Antis ? Rien, je vous l'affirme… Et je devrais courber l'échine ?

Harlon recula d'un pas et fit un geste conjuratoire.

— Puisse l'ignominie ne pas rejaillir sur vous,

Maître. (Ses yeux se rétrécirent.) Le Haut Bâalol inflige de terribles châtiments à ses opposants.

Linsner-Kiess sentit l'horreur l'envahir, mais il la repoussa aussitôt et déclara en ramassant sa cape argentée :

— Menez-moi au messager, Poth !

Le prêtre d'ordination acquiesça. Traînant les pieds, il précéda son supérieur vers le puits antigrav conduisant à la piste énergétique qui passait sous le temple. Aucun des deux hommes ne dit mot tandis qu'ils glissaient en douceur entre les constructions pointues à base octogonale. Quelques minutes plus tard surgit droit devant eux la pyramide de cristal qui se dressait au centre exact de la ville. Drofronta dardait ses rayons purpurins sur les huit faces transparentes qui se métamorphosaient en une mer de couleurs spectrales, éblouissantes et animées de pulsations spasmodiques comme si, prisonnières de l'édifice, elles avaient voulu se frayer un chemin vers la liberté du dehors.

Bien que la symphonie chromatique empêchât tout regard humain de distinguer le moindre contour ou détail de la pyramide, les deux hommes quittèrent la piste énergétique au seuil exact du portail d'entrée. Aux yeux d'un observateur extérieur, ils donnèrent l'impression de plonger dans la masse de couleurs étincelantes et de s'y dissoudre. En réalité, ils traversèrent un sas de terkonite parfaitement dissimulé, après que les faisceaux palpeurs de plusieurs détecteurs d'ondes individuelles eurent contrôlé leur identité.

Une ambiance austère, totalement en phase avec les règles strictes d'une centrale de commandement à haute technologie, régnait à l'intérieur de la construction cristalline. D'ici étaient conduites la politique ainsi que l'économie de la planète, et gouvernés les cent cinquante millions de colons akonides.

Le bureau du Grand Prêtre se trouvait dans la pointe de la pyramide, ce qui soulignait de manière symbolique le rang de son occupant. À l'étage octogonal juste en dessous vivaient et travaillaient ses quatre premiers assistants, puis huit, seize et ainsi de suite. Un puits antigrav emporta les deux hommes au dernier niveau et ils pénétrèrent dans la salle qui, au-delà des simples apparences, était un véritable poste de contrôle. À travers les parois obliques translucides, il était possible d'embrasser d'un seul coup d'œil l'ensemble de la ville même si, par commodité, des optiques extérieures retransmettaient leurs images sur huit écrans holographiques.

Balto contempla quelques instants le panorama, depuis les pyramides de Garsinath jusqu'aux molles ondulations des collines derrière lesquelles s'élevaient les tours résidentielles des citoyens. Le soleil Drofronta planait juste au-dessus, tel une gigantesque sphère d'un rouge étincelant.

Le Grand Prêtre se raidit, puis il se dirigea vers l'un des pupitres de commandes et pressa une touche.

— Faites entrer l'émissaire ! ordonna-t-il à son interlocuteur invisible.

La porte s'ouvrit peu après sur l'un de ses subalternes qui annonça :

— Wusson Eng-Drabert, messager du Haut Bâalol !

Il céda avec souplesse la place à un homme d'un grand âge, élancé, drapé d'une cape cinabre. Sur son crâne émacié, ses cheveux blancs évoquaient des champignons filiformes poussant sur une tête de mort.

Balto s'inclina profondément. La couleur du manteau lui avait déjà indiqué le rang de son visiteur, d'ailleurs étrangement élevé pour un émissaire. Le regard de Wusson Eng-Drabert lui révéla le reste : aucune trace de sentiment, seulement la conscience du pouvoir avec la ferme et froide intention de l'exercer selon les exigences des circonstances.

Le subalterne se glissa furtivement hors de la pièce, tout en hasardant un sourire ironique. Le messager s'apprêtait certainement à faire passer des minutes désagréables au Grand Prêtre.

— Levez-vous, frère ! ordonna le nouveau venu d'une voix inflexible.

Linsner-Kiess se redressa puis se ressaisit, fixa son interlocuteur droit dans les yeux et décida de ne pas se laisser intimider.

— Je vous salue, frère Eng-Drabert, rétorqua-t-il, glacial. Allez droit aux faits, je vous prie !

Impassible, l'émissaire ne réagit pas au ton provocateur.

— J'ai été dépêché vers vous afin de vous éclairer sur la gravité de la situation. Précisément de *votre* situation, car vous serez relevé de vos fonctions et convoqué par le Haut Bâalol si vous ne vous pliez pas à nos directives avant au plus tard après-demain.

Balto plissa les yeux pour dissimuler sa frayeur. Une telle convocation pouvait signifier deux choses : soit un éloge suivi d'une promotion, soit une punition exemplaire. Dans ce dernier cas, l'issue était certaine. Le Grand Prêtre pensa aussitôt à Harlon Poth et tenta de se représenter comment un châtiment pouvait, en un an, transformer un homme dans la pleine force de l'âge en un vieillard brisé.

Il n'avait pourtant nulle intention de fléchir. En lui était ancrée une profonde ferveur religieuse et il était de son devoir de l'inculquer à l'ensemble des créatures douées de raison de cette galaxie.

— Ainsi, le Haut Bâalol vous a envoyé à moi, frère Eng-Drabert. Mais qui lui a ordonné de le faire ?

— Ses décisions procèdent de son esprit pur et

éclairé, qui ne se trompe jamais et demeure toujours dans son droit, aussi longtemps que brilleront les étoiles de l'Univers.

— Ainsi en était-il, ainsi en est-il, ainsi en sera-t-il ! prononça Linsner-Kiess. (Il s'agissait d'une formule rituelle en laquelle il croyait fanatiquement, ou plutôt avait cru jusqu'à ce que surgisse l'abomination.) Non : ainsi en *fut*-il ! corrigea-t-il avec amertume. Aujourd'hui, la plupart des frères de haut rang savent que ce qu'ordonne le Prêtre Suprême n'émane plus du tout de son esprit pur et éclairé, mais lui est suggéré par un étranger.

— C'est un blasphème contre le Haut Conseil ! releva l'émissaire. Vous expierez pour cela dès qu'il plaira à Son Infaillibilité. Cependant, peut-être sera-t-elle plus conciliante si vous faites acte d'allégeance, ou tout au moins manifestez la volonté de redevenir un fervent partisan du culte.

Le Grand Prêtre serra les poings pour contenir son exaspération.

— Je suis son zélateur fidèle, frère Eng-Drabert, mais je ne servirai jamais les intérêts d'une idole nommée Ribald Corello. C'est mon dernier mot !

Le messager tendit la main puis ramassa sa cape et tourna les talons. Au seuil de la pièce, il pivota et déclara avec insistance :

— Faites machine arrière avant qu'il ne soit trop tard, frère Linsner-Kiess. Je vous souhaite de retrouver la lumière !

— Formulez plutôt ce vœu à l'adresse du Haut Bâalol ! s'exclama Balto tandis que la porte se refermait.

Il prit alors conscience que ni Eng-Drabert, ni lui-même n'avait prêté attention au troisième homme présent. Linsner-Kiess fit volte-face et pinça les lèvres, horrifié.

Harlon Poth se tenait devant un pupitre de commande, ses doigts osseux crispés sur le rebord, le regard braqué sur son supérieur.

Mais ses yeux ne voyaient plus rien.

D'une façon inexplicable, le prêtre d'ordination était mort…

*
* *

Arne Mitzum était assis dans son large fauteuil-contour, ses mains d'une blancheur crayeuse posées sur les rembourrages souples des accoudoirs.

Face à lui s'étalait en arc de cercle un panneau de contrôle légèrement incliné et à l'arrière-plan, les étoiles de la Voie Lactée scintillaient tels des diamants sur un coussin de velours noir. En apparence immobile, comme ancrée entre les ténèbres et la lumière étincelante, une forme sombre ressemblant à une tête de cheval émergeait peu à peu, sur la gauche, d'une masse grise et amorphe située en avant d'un mur d'une intense clarté.

Si le vaisseau dont il avait la responsabilité conservait son cap, il frôlerait par la droite cette nébuleuse de matière cosmique dense.

Arne Mitzum ne bougea pas d'un pouce tandis que son subconscient enregistrait avec docilité les injonctions hypnosuggestives du Puissant et était ainsi « pré-programmé » pour les prochaines opérations. La planification comportait la suite chronologique des actions à venir et s'effacerait ensuite d'elle-même une fois toutes les tâches accomplies.

Le charme se rompit, et le commandant prit conscience de son environnement. Il aperçut d'abord son pupitre de contrôle, puis le secteur frontal de la galerie panoramique, et enfin ses gens. À leurs réactions, il vit qu'ils avaient également été conditionnés par une série d'ordres. Pour lui, c'était évident : le Puissant pensait à tout, il aurait certes pu piloter tout seul, depuis son sarcophage, la nef sphérique de cent mètres de diamètre, mais il n'exerçait jamais ce genre d'activités communes sans raison impérieuse. Solliciter pour cela un encéphale surhumain tel que le sien eût été – selon une ancienne comparaison terrienne – comme « jeter des perles aux pourceaux ».

Mitzum ne pouvait sourire de cette image ainsi qu'il l'aurait fait avant d'être affecté sur ce navire. D'ailleurs, la métaphore n'avait pas été conçue par son propre cerveau, ce dont il n'était pas en mesure de se rendre compte. De même que ses subalternes et les équipages des autres vaisseaux de son maître, il n'était qu'une marionnette vivante. Pas au sens péjoratif du terme car son quotient intellectuel élevé, ses aptitudes et ses connaissances étendues lui restaient acquis, mais il les employait seulement lorsque le Puissant tirait les ficelles correspondantes.

Tandis que la navigatrice alimentait le pilotage automatique avec les données de cap, les positions intermédiaires de relèvement et les paramètres hodographiques, l'ingénieur en chef vérifiait le convertisseur linéaire compact en le faisant tourner à vide. Puis Arne Mitzum se pencha en avant, bascula un levier et observa le tachymètre. Le curseur se déplaça rapidement pour atteindre le repère rouge, et le commandant pressa alors une touche de sa console. Le faible bourdonnement du bloc-propulsion spécial se mua en quelques secondes en un bruit assourdissant. Sur les écrans de proue, les astres et les constellations parurent se déformer et se heurter puis se dissocièrent en traits fuyants lorsque le navire plongea dans l'entr'espace.

Minuscule corps étranger dans la zone de libration

intermédiaire entre deux continuums stables, la nef fonçait à des millions de fois la vitesse de la lumière. Arne savourait ce voyage interdimensionnel. Le navire du Puissant était une merveille, surtout pour un homme qui s'était voué corps et âme à la navigation entre les étoiles.

Sur l'écran du détecteur, un œil de braise en amande rayonnait d'un éclat aveuglant parmi des écharpes de couleur rouge, des traînées nébuleuses blanchâtres et des sortes de feux follets pris de frénésie : le cœur de la Galaxie avec sa très forte densité stellaire, le plasma incandescent baignant les soleils extrêmement rapprochés du noyau central, et les deux anneaux équatoriaux faits d'hydrogène luminescent.

L'astre-cible demeurait pour l'heure invisible au sein de ce maelström. Arne Mitzum savait qu'il s'agissait d'une géante rouge de type M 4 III escortée par quatre planètes.

Une étoile répertoriée sous le nom de Drofronta.

*
* *

Ribald Corello épiait les émissions quintidimensionnelles des cerveaux de son équipage et pouvait ainsi contrôler les travaux en cours. Sa combinaison dorée, dont la coupe évoquait la barboteuse d'un nourrisson, l'assistait dans cette surveillance. Son matériau spécial, à la composition tenue secrète, exerçait à la fois les fonctions d'une antenne et d'un amplificateur parapsychique pour les impulsions mentales d'ordre supérieur. L'encéphale mutant de Corello possédait l'aptitude totale à capter et décrypter des influx initialement faibles, après les avoir intensifiés d'un facteur dix.

Le monstre « emprunta » les yeux de Mitzum pour

observer le noyau central de la Galaxie et ses deux anneaux de matière interstellaire puis, satisfait, il retira ses psychotentacules du crâne de son commandant. Peu après, il tira de sa mémoire une perception préenregistrée et visualisa une petite console de contrôle. L'unité positronique de retransmission, qu'il portait à même le corps, convertit le contenu de la représentation en impulsions électroniques et les relaya aux servomécanismes du sarcophage. À peine un dixième de seconde plus tard, la console surgit hors de son logement. Un spectateur non averti aurait presque crié au miracle, l'apparition de cet élément n'ayant été précédée d'aucune action physique du mutant.

Une deuxième requête fit glisser le clavier de commande sous une plaque transparente. Un livre relié de maroquin rouge sortit d'une ouverture sur le côté de la console.

Ribald Corello l'ouvrit et feuilleta avec désinvolture les nombreuses pages d'écriture. Une date figurait sur chaque note. Il s'agissait de son journal intime : son unique confident, le seul auquel il se fiait pour faire part de ses pensées et désirs les plus profonds.

Le mutant lissa la première page vierge, retira de son étui le crayon magnétique et inscrivit avec soin la date du jour.

4 janvier 3433 – temps standard.

Dirigés par un système cérébro-spinal d'adulte tout à fait mature, les doigts enfantins guidaient avec précision le minuscule ustensile.

Le déséquilibre psychique de Corello transparaissait dans son écriture qui ressemblait à celle d'un malade mental. Si les premiers signes étaient appliqués, comme peints par un artiste, les suivants devenaient de plus en plus perturbés et chaotiques.

Ses notes terminées, Ribald demeura un long

moment assis devant son journal intime. Ses yeux verts fixaient le vide avec passion, peuplant le futur avec les images d'un puissant empire galactique dont les habitants n'obéiraient qu'à ses ordres et travailleraient exclusivement à l'accomplissement de ses volontés. Le chef officiel du gouvernement serait sa mère.

— L'Impératrice Tatstun… !

Le mutant s'agita brusquement. Il ne souhaitait plus rester ainsi à temporiser alors que l'Univers l'attendait pour être conquis.

Corello referma le journal et le rangea dans l'ouverture de la console de commande. Il se mit ensuite à quatre pattes et rampa vers l'arrière de la Châsse. Dans l'angle de gauche, la paroi convexe délimitant une niche-sas spéciale coulissa sous une émo-impulsion du mutant et dévoila le robot-porteur, un engin conique de terkonite moléculairement densifiée, haut de deux mètres, pourvu de deux bras manipulateurs et de deux autres dotés d'armes. La physionomie d'enfant du nain se reflétait sur la surface d'un bleu brillant de la machine.

Encore une injonction psychique et le blindage frontal se releva, puis un siège monoplace apparut. Corello s'y hissa tout en insérant prudemment son crâne hypertrophié dans le casque pressurisé, une bulle transparente de soixante centimètres de diamètre qui s'était partiellement ouverte en même temps que l'avant du robot. Une fois la tête du mutant immobilisée par le dispositif de maintien, la coiffe se referma presque en totalité, ne laissant libre qu'une section ovale de la taille exacte du visage.

Malgré l'atmosphère intérieure agréable, le système de chauffage du robot-porteur s'activa. Comme dans son sarcophage, Corello avait besoin d'une température invariable de trente-sept degrés. Son siège-baquet était capitonné de la même mousse multicolore que sa couche.

Le Supermutant guidait l'engin par émo-pilotage. Une impulsion et un coussin antigrav soulevèrent la machine. Elle quitta la niche-sas puis s'écarta de la Châsse, planant en direction du sas d'accès au poste central du navire.

Les membres d'équipage en service sur la passerelle ne manifestèrent aucun trouble lors de l'irruption du Puissant et continuèrent à travailler, imperturbables. Seul Mitzum tourna la tête lorsque Ribald Corello s'adressa à lui de sa voix haut perchée.

— Quand aura lieu la première manœuvre d'orientation, commandant ?

— Dans trois minutes et demie, en temps standard, *Tapur*, répondit Arne après un regard sur les contrôles.

Il ne s'en doutait pas, mais ce titre sonnait curieusement dans la bouche d'un Terranien – de surcroît né sur Sol III. Le terme « Tapur » était issu du vocabulaire des prêtres de Bâalol et signifiait Puissant, Très-Haut, Votre Grandeur ou Votre Infaillibilité.

— Merci, commandant. Les trois autres vaisseaux sont-ils entrés en même temps dans la zone de libration ?

— Tout à fait, Tapur ! La simultanéité a été parfaite.

Ribald Corello sourit. Sa mimique de satisfaction était une grimace si atroce que le regard d'Arne se figea d'épouvante.

Le mutant le remarqua et ne laissa pourtant rien transparaître, même si tout son être bouillait de colère. Il ressentait la réaction de son subalterne comme une offense mortelle et se promit de le punir pour cela, mais ultérieurement. Car pour l'instant, il avait encore besoin de lui.

— Continuez ! ordonna-t-il.

Mitzum obéit, pivota vers son pupitre de commande et, d'une main sûre, engagea la manœuvre d'orientation.

Perdu dans ses pensées, Corello observait l'écran du détecteur de masse. Une fois encore, il se demanda pourquoi il ne pouvait pas réussir à capter les ondes mentales des membres d'équipage des autres unités durant le trajet dans l'entr'espace. C'était probablement le champ inertiel sphérique des convertisseurs linéaires qui isolait son esprit de tout ce qui se trouvait à l'extérieur de ce navire. À moins que la structure de la zone de libration ne conduise pas les impulsions hyperdimensionnelles ?

Il fut distrait de ses interrogations par l'émersion de la nef dans le continuum einsteinien. Les étoiles étaient de retour, et elles étincelaient comme si elles avaient été créées pour l'éternité.

Le commandant fixa un nouveau cap. Le vaisseau devait s'élever de quinze mille années-lumière au-dessus du plan de l'écliptique de la Voie Lactée et de là, après une autre manœuvre d'orientation, s'approcher du soleil rouge appelé Drofronta. C'était seulement à l'issue de l'ascension initiale que l'astre deviendrait repérable et, lors de la dernière étape linéaire, s'afficherait dans le réticule de visée du moniteur spécial. Jusqu'alors, sa brillance demeurerait noyée dans le rayonnement surpuissant du noyau central.

Ribald Corello profita du trajet dans l'espace normal pour contrôler les pensées des membres d'équipage des trois autres unités, visibles en incrustation sur l'écran de poupe grâce aux systèmes d'acquisition et de grossissement optique. Sur l'arrière-plan lumineux d'une nébuleuse, les petites ombres circulaires sphériques suivaient le navire de tête en conservant une formation triangulaire parfaite.

Peu après, les quatre bâtiments replongèrent dans l'entr'espace et accélérèrent, s'éloignant suffisamment de la Galaxie pour que l'image de son cœur, relayée par les détecteurs de masse, adopte bientôt l'allure de celle d'un très gros amas globulaire.

CHAPITRE II

Corello était accroupi dans son sarcophage lorsque les quatre vaisseaux noirs réintégrèrent enfin le continuum einsteinien. La substance ouatée s'était incurvée, épousant son corps. Un vert tendre lénifiant dominait les autres couleurs et incitait l'imagination du monstre à se représenter le rembourrage comme une mousse végétale cotonneuse réchauffée par le soleil.

De ses dix doigts déployés, l'appui-tête soutenait le crâne géant du mutant dont les prunelles vertes, fixées sur la paroi inclinée et transparente de troplonite blindée, ne percevaient pourtant rien de l'environnement intérieur. La folie qui dansait dans le regard du nain était la pure extériorisation des effroyables processus mentaux qui agitaient son esprit. Si l'on accordait quelque véracité à la citation selon laquelle les yeux sont le miroir de l'âme, alors celle de Corello devait être un gouffre insondable d'horreur, de mégalomanie, d'auto-apitoiement et de volonté fanatique brûlant du seul désir d'imposer son plan de réorganisation cosmique. Mais le psychisme du mutant était vraisemblablement trop polymorphe, et le fil de ses pensées trop compliqué pour être décrits en quelque langage que ce soit.

Une partie de l'ego du monstre se projeta sous forme de palpes hyperdimensionnels, emprunta le para-espace et s'en vint tâter les consciences des habitants de la deuxième planète du soleil rouge. Pour ce faire, le matériau spécial de sa combinaison dorée apportait à Ribald Corello un avantage inestimable sur l'ennemi potentiel qui, lui, n'avait encore aucune idée de l'arrivée du Maître. Le secteur de son encéphale qui, entre autres, hébergeait les facultés assimilables à celles d'un transmetteur de matière, emmagasina peu à peu les résultats de ce sondage individuel.

Pendant ce temps, les quatre vaisseaux progressaient vers l'astre-cible à travers le halo de nuées luminescentes nimbant le Centre galactique. Marionnettes au cerveau remarquablement entraîné et conditionné, les hommes et les femmes à bord exécutaient à la perfection leurs activités. Jamais à ce jour ils n'avaient échoué : le Supermutant s'était adjoint l'élite des astronautes de trois des empires stellaires conquis par les humains.

D'un simple point brillant sur les écrans d'observation, le soleil se transforma en un disque rayonnant et rougeâtre au diamètre croissant. Drofronta était une étoile à spectre métallique, arrivée à un stade avancé de son évolution.

Les éruptions de gaz agitant sa surface devinrent visibles. Des faisceaux détecteurs supraluminiques sondèrent les zones spatiales déterminées comme les plus probables quant à la présence d'orbites planétaires. Ils trouvèrent quatre mondes de taille différente, mais même le plus gros d'entre eux était minuscule comparé à son astre tutélaire au diamètre atteignant cent trente-huit fois celui de Sol.

Sol…

Ribald Corello, dont une partie de la conscience demeurait en veille perpétuelle, se demandait pour la millième fois si cette étoile de légende avait réellement disparu, projetée dans l'hyperespace par une mystérieuse catastrophe.

Et comme à l'accoutumée, il ne jugeait aucune réponse convaincante. À vrai dire, peu lui importait si le Système Solaire n'existait plus. Mais dans les profondeurs les plus obscures de son esprit sommeillait malgré tout un reste d'attachement au berceau originel de l'Homme, une braise qui se ravivait parfois lorsque son âme noire était endormie. Le monstre tirait alors des forces de cette appartenance à l'Humanité, sans évidemment s'en rendre compte.

Telle était la raison pour laquelle Corello ne croyait pas en sa destruction. Quel que fût l'endroit où il se trouvait, que ce soit physiquement ou mentalement, il n'avait de cesse de glaner des informations. Et depuis qu'il disposait d'indications confirmant que Perry Rhodan était encore en vie, il avait redoublé d'efforts. Le mutant savait très bien que seul le Stellarque avait une chance de contrarier ses plans. Il devait donc le dénicher et le supprimer. Qu'il repère la moindre trace récente, et il la suivrait inexorablement…

La section de détection du navire de tête mesura avec soin les champs dispersifs de la deuxième planète. De puissants convertisseurs étaient certes présents sur l'ensemble des quatre continents, mais les centrales énergétiques et les projecteurs d'écrans protecteurs se regroupaient dans un périmètre bien délimité, celui de la fameuse ville-sanctuaire de Garsinath.

Un rictus méprisant glissa sur le minuscule visage du monstre. La cité n'offrait rien de fabuleux, d'inquiétant ou d'effrayant pour lui, ce qui le différenciait des Galanériens sous influence psychique depuis de nombreuses générations. Il savait que le culte pratiqué par les Antis, loin de servir le salut spirituel de ses partisans, assouvissait seulement la soif de pouvoir d'une branche mutante du peuple akonide. Le Haut Bâalol n'était pas un demi-dieu, simplement un vieillard ambitieux, un instrument pour les plans de Ribald Corello. Or, voici justement que le guide spirituel de la deuxième planète se rebellait contre la volonté du Prêtre Suprême, et par conséquent contre celle du Supermutant !

Celui-ci se serait à peine préoccupé de Galaner si cette colonie n'avait été que l'un des nombreux mondes, pour la plupart agricoles et commerciaux, tenus sous la férule religieuse. Les Antis avaient commis une grave méprise en renonçant à une industrialisation poussée de leurs possessions. Bien sûr, la société résultant de l'expansion technologique engendrait des concentrations de population, une augmentation des connaissances et un élargissement des horizons spirituels : des facteurs difficilement compatibles avec l'obscurantisme d'un culte vieillissant pour purs fanatiques. Mais une position de force, stable et à l'échelle galactique, ne s'obtenait qu'avec l'appui d'une économie efficace.

Corello le savait, et il n'avait pas l'intention de répéter cette erreur. Au contraire ! Pour lui, les Antis devraient faire accéder au développement d'autres de leurs fiefs grâce à la collaboration des industries de Galaner.

Il avait tellement investi dans ses desseins qu'il lui était impossible d'attendre davantage le combat. Il modifia donc son plan. Son cerveau adressa des impulsions hypnosuggestives aux commandants des quatre vaisseaux qui replongèrent dans l'espace linéaire pour émerger à proximité immédiate de la deuxième planète. Les écrans d'absorption furent peu après sollicités par la tempête de plasma qui s'amorça lors de la pénétration dans l'atmosphère. Les blocs-propulsion travaillèrent à plein régime pour ralentir l'allure trop élevée pour une approche sûre. Lorsque les projecteurs antigrav prirent le relais pour la phase finale d'atterrissage, d'innombrables pyramides-temples se révélèrent en dessous des nefs noires, attirant l'attention par leurs scintillements dans le rougeoiement doré du couchant. Le terminateur semblait être le théâtre d'un gigantesque incendie : un spectacle merveilleux, dont Ribald Corello n'avait cure… Seule la nuit tombant sur Garsinath entrait dans sa stratégie, en tant qu'atout supplémentaire.

Les quatre navires se posèrent juste devant les murs d'enceinte de la cité, des remparts d'acier habillés de parements en pierre naturelle, et leurs étançons s'enfoncèrent dans le sol particulièrement meuble des collines herbeuses environnantes. Le bourdonnement des propulseurs décrût. Un troupeau de gnous de Maliponsa s'égailla de tous côtés, effectuant des bonds grotesques. Des chauves-souris filèrent dans la semi-obscurité et orientèrent leur système sophistiqué d'écholocation en direction des sphères de terkonite.

Tout était calme.

Rien ne bougeait dans la ville-sanctuaire de Garsinath – du moins, rien de notable pour des gens uniquement dotés des cinq sens ordinaires. En revanche, le Supermutant ressentit la peur panique qui rampait dans les salles des temples, l'épouvante qui en découlait, puis perçut en retour le déferlement d'une vague de confiance en soi et de volonté de résistance.

Le monstre attendit.

Il ne voulait pas d'une facile victoire par surprise, mais d'un combat qui l'élèverait à jamais parmi les plus grands…

*
* *

Balto Linsner-Kiess regardait la chambre de désintégration à travers la baie d'observation. Sous l'éclairage indirect, le cadavre d'Harlon Poth rappelait celui d'un mannequin de cire d'un vert malsain. Seul le faciès rayonnait encore d'une aura mystérieuse, simulant la vie là où il n'y en avait plus.

Ce visage… !

Le Grand Prêtre sentit un froid glacial l'envahir des jambes jusqu'au creux du dos. Il frissonna et tenta de détourner la tête, sans pourtant parvenir à se soustraire à la scène.

La physionomie de son assistant avait autrefois reflété une parfaite maîtrise de soi, mais la mort avait tout effacé. Ce que Poth n'avait jamais avoué de son vivant, ce masque figé le faisait maintenant à sa place et en disait long sur les terribles supplices qui lui avaient été imposés par le Haut Bâalol.

Linsner-Kiess tendit les bras par pur réflexe défensif lorsque les bouches des désintégrateurs brasillèrent. Les rayons invisibles, tout juste trahis par le phénomène de dissociation moléculaire, réduisirent progressivement le corps émacié en écharpes de gaz verdâtres. La sévérité, l'amertume et l'effroi disparurent du visage de Poth en même temps que s'effaçaient ses traits. Quand tout fut terminé, il ne resta plus qu'un nuage de fumée glauque qui sembla s'attarder comme à regret, puis s'étira vers le plafond et se laissa entraîner dans le conduit d'aspiration.

Le Grand Prêtre ignorait les sentiments ; seuls son métier et sa carrière comptaient pour lui. Il éprouva pourtant, à cet instant, la perte de quelque chose qu'il avait jusque-là méprisé et qui venait de partir avec Harlon Poth : l'amitié.

Cet élan ne dura pas longtemps.

Ses pensées revinrent au problème présent qui, au

fond, n'en était vraiment pas un pour lui. Inutile de réfléchir pour savoir s'il lui fallait se conformer aux ordres du Haut Bâalol et se soumettre à Ribald Corello, c'était tout simplement inacceptable ! Ses préoccupations se recentrèrent sur des questions purement tactiques. Devait-il feindre d'obéir au Prêtre Suprême ? De la sorte, peut-être pourrait-il abuser cet être déjà légendaire et l'attirer sur Galaner pour le détruire lors d'une action savamment orchestrée… Les cinq mille Antis de Garsinath représentaient tout de même une force capable de faire front face à un mutant isolé, fût-il surdoué !

Balto Linsner-Kiess sourit, confiant. Il se redressa de toute sa taille et se dirigea vers la bande transporteuse du tunnel de liaison.

Oui, il vaincrait le Supermutant !

Et le Haut Conseil devrait convenir qu'il était beaucoup plus qualifié pour la charge de Prêtre Suprême que le titulaire actuel… !

Balto se voyait déjà siéger sur le trône du pouvoir, et statuer sur le sort de ces misérables larves qui avaient capitulé devant Corello.

Tout à coup, il s'immobilisa comme s'il avait heurté un mur dressé en travers de son chemin.

De minuscules gouttes de sueur perlèrent sur son front dégarni, et l'éclat de ses yeux soudain écarquillés d'effroi vacilla.

Linsner-Kiess chancela sous le choc qui l'avait tiré de ses rêves. Il avait du mal à reprendre son souffle. Il lui semblait que l'air s'échappait de ses poumons sous forme de vapeur bouillonnante, tandis que ses jambes étaient prisonnières d'une eau brutalement congelée.

— Non… ! haleta-t-il.

Ses veines lui taraudaient le corps telles des vrilles

de glace. Une douleur cinglante lui martelait les tempes et il eut l'impression que son cerveau allait se solidifier.

Puis sa conscience reconquit peu à peu l'ascendant. Ses pensées s'éclaircirent, se frayèrent un passage à travers son esprit, dissipèrent la paralysie et redevinrent des impulsions assujetties à sa volonté.

Que s'était-il donc passé ? Ainsi que l'en avait informé la station de surveillance, quatre sphères de la même couleur « noire comme le néant », de chacune cent mètres de diamètre, avaient surgi tels des bolides au-dessus de Galaner et atterri au pied des murailles de la ville-sanctuaire.

Selon les récentes rumeurs issues de sources énigmatiques, le Supermutant avait en général pour habitude d'apparaître avec quatre navires noirs là où il voulait faire une démonstration de son pouvoir.

Mais y avait-il quelque chose de vrai dans ces rumeurs ?

Pour l'instant, les visiteurs de Garsinath s'étaient comportés de façon passive, sans manifester la moindre intention hostile.

Néanmoins, mieux valait être paré à toute éventualité.

Balto se réveilla enfin de sa torpeur. Il bondit sur la bande transporteuse tandis que son cerveau lançait les premières impulsions appelant les prêtres à la défense.

Lorsqu'il parvint à sa centrale de contrôle, la panique s'était déjà apaisée et chacun, dans la cité, avait rejoint son poste. Suivant un rite ancestral, tous les Antis se rassemblaient en groupes d'action psi et, le torse animé d'un lent mouvement de balancier d'avant en arrière, entraient dans la transe qui allait stimuler leurs facultés pour leur permettre d'accéder par l'esprit à un plan supradimensionnel.

Ses assistants rejoignirent le Grand Prêtre dans son bureau. Unissant leurs forces, ils établirent la liaison avec les puissances destructrices d'ordre supérieur qui leur obéissaient.

Contact ! intima Linsner-Kiess.

Des rets énergétiques invisibles se déployèrent sur les quatre vaisseaux murés dans leur silence, mais ils ne captèrent que les influx dispersifs émanant d'encéphales normaux.

La méfiance de Balto augmenta. Il fit analyser plus rigoureusement ces schémas et découvrit qu'ils se caractérisaient par une remarquable homogénéité fréquentielle. Ce n'était possible que pour des encéphales d'êtres intelligents interconnectés au niveau parapsychique.

Ribald Corello !

Un rire moqueur se fit entendre par-delà une barrière hyperdimensionnelle qui n'existait pas l'instant d'avant.

Sous le regard mental du Grand Prêtre se profila alors un visage enfantin pourvu d'yeux effrayants, animés d'une lueur de folie, et surmonté d'un horrible crâne disproportionné.

Oui, je suis Ribald Corello ! claqua une impulsion cinglante à l'attention des cinq mille cerveaux focalisés. *Et maintenant, que la lutte commence !*

***

L'alerte surprit Harkh Tonos tandis qu'il suivait en catimini, dans sa cellule, une émission de l'hypervision de Trade City.

Il appartenait à cette génération d'Antis qui avaient grandi dans le contexte des derniers bouleversements de la Voie Lactée et de la consolidation d'un sentiment de pouvoir galactopolitique qu'ils n'acceptaient pas.

Ils n'avaient aucune idée de rébellion car ils étaient

issus d'une caste de dominateurs. Toute révolte contre l'ordre de l'ancienne génération aurait compromis leur propre avenir. Pourtant, nombre d'entre eux étaient préoccupés par le présent. Des événements actuels comme les luttes d'hégémonie entre les différents royaumes jadis nés des dissensions entre Terraniens, les coalitions et les organisations plus ou moins puissantes, la disparition du Système Solaire, l'autorité jugée inquiétante du patriarche des Libres-Navigants, Anson Argyris, sa gestion de l'héritage de la Terre et quantité d'autres choses renforçaient le désir d'information des jeunes Antis. La multitude des canaux hypervidéo existants leur avait fait peu à peu comprendre qu'ils formaient partie intégrante d'une mosaïque géante. Ils s'étaient rendu compte que les factions aujourd'hui au pouvoir incarnaient des facteurs d'insécurité imprévisibles avec une propension nette aux actes de violence, à la brutalité et à la cruauté. À moins que ce sinistre penchant ne puisse être bridé.

Mais bien au contraire, depuis quelque temps, le légendaire Ribald Corello faisait parler de lui par des actes qui aggravaient encore la tendance négative.

Et voici qu'il venait d'atterrir sur Galaner pour y asseoir sa domination…

Harkh Tonos coupa le récepteur de l'hypervision, se leva et s'arrêta avec hésitation au milieu de la cellule.

Reviendrai-je ici un jour ?

Il se ressaisit, ouvrit la porte et se hâta le long du couloir faiblement éclairé. Le point de rendez-vous avec son groupe se situait de l'autre côté de la ville-sanctuaire. En cas d'alerte, les transmetteurs ne devaient servir que sur ordre particulier. Il lui fallait donc se limiter à emprunter les puits antigrav, les pistes énergétiques et les bandes transporteuses.

Le soleil s'était déjà évanoui derrière l'horizon

quand Tonos sortit de la tour d'habitation. Seuls les sommets des pyramides les plus hautes rougeoyaient comme les pieux ensanglantés des pièges utilisés dans les jungles du continent d'Akrolith. Les silhouettes indistinctes d'autres prêtres glissaient en silence sur les esplanades. Les amples pèlerines battaient parfois au vent, donnant aux ombres qui les portaient l'allure de ces démons ailés dont les croyances primitives peuplaient les abîmes souterrains.

L'Anti pressa le pas en direction du plus proche trottoir roulant et sauta dessus. Durant le trajet, il scruta les alentours et prêta une oreille très attentive aux bruits environnants qui auraient pu trahir la proximité d'ennemis éventuels.

Il ne perçut rien de tel. Mais il fut soudain saisi d'une peur panique et sentit une sueur froide le baigner de la tête aux pieds. Totalement perturbé, il perdit pendant quelques secondes toute notion d'orientation et se fourvoya à l'échangeur suivant. Au bout de plusieurs minutes, son subconscient enregistra le calme étrange et l'immobilité ambiants.

Il était seul !

Ce constat agit sur son esprit à la façon d'une douche glacée. Il s'efforça d'identifier l'endroit de Garsinath où il avait abouti. Aucun succès… Il tenta alors de capter les psycho-impulsions de son groupe d'action, en vain. Cela ne pouvait signifier qu'une chose : ses compagnons s'étaient déjà synchronisés sur le plan mental supradimensionnel et avaient dressé automatiquement un bloc défensif.

Il ne lui restait plus qu'une solution : rejoindre son équipe et établir le contact physique pour pouvoir remonter la trace à travers le barrage invisible.

À l'échangeur suivant, Harkh Tonos bondit sur une piste énergétique et, surpris par la vitesse de celle-ci, faillit tomber à la renverse. Avec le violent déplacement d'air, sa pèlerine se dégrafa et se mit à voltiger derrière lui tandis que ses yeux s'embuaient de larmes, l'empêchant de se repérer. Il dut se baisser pour reprendre son souffle.

Il sentit la vitesse diminuer. La voie allait décrire un virage à gauche très serré, et l'Anti releva prudemment la tête. Il aperçut alors un petit lac dans lequel se reflétait la lumière des étoiles. Il savait à présent où il se trouvait. Cette étendue d'eau était proche de l'entrée d'une agglomération souterraine en ruine, la « Ville des Âmes Mortes ». La frayeur le gagna ; ce secteur était interdit, car nombre de personnes qui y avaient pénétré n'en étaient jamais ressorties. Seuls le Grand Prêtre et ses assistants y avaient accès.

Harkh Tonos renonça à se laisser entraîner plus loin. Il profita du ralentissement imposé par la courbe pour sauter hors de la piste d'un bond puissant.

Le heurt avec la surface de l'eau fut douloureux et assomma presque le jeune homme. Il ne désarma pourtant pas, même en réalisant qu'il était en train de couler. En cela, la formation de base des zélateurs de Bâalol s'avérait payante. Quand la descente eut cessé, il effectua quelques vigoureux mouvements de brasse et remonta. Une fois à l'air libre, il inspira profondément et examina les alentours. Sous l'éclat blafard des étoiles, il remarqua sur sa droite une plage de sable et, au-delà, une construction élancée qui enjambait la piste énergétique. L'Anti arracha sa pèlerine, gênante pour nager, et se dirigea sans hésiter vers la grève. À peine deux mètres, et ses genoux touchaient déjà le fond. Il se redressa et pataugea jusqu'à la rive.

Il s'immobilisa au sommet du pont et s'efforça de percevoir, à travers le calme ambiant, l'éventuelle rumeur d'une bataille. En vain ! De toute façon, s'il y avait combat, c'était sur un plan mental supradimensionnel que Tonos ne saurait atteindre seul.

Un éclair de lumière fusa brusquement. Au loin, le jeune prêtre vit se volatiliser la pointe d'une pyramide. Le reste du bâtiment s'effondra lentement sur lui-même tandis que, de sa partie décapitée, un champignon de fumée se ruait à l'assaut du ciel nocturne. Quelques secondes plus tard, du magma en fusion jaillissait de toutes les brèches des fondations en train de céder.

Une explosion nucléaire ! L'Anti n'avait plus aucun doute à ce propos. *Mais comment a-t-elle été provoquée ?*

Perplexe, Tonos se dit qu'il n'avait remarqué ni faisceau énergétique, ni impact de projectile avant la détonation. L'onde de surpression le rappela à l'ordre et il dut se cramponner fermement à la balustrade pour ne pas être balayé du pont.

Une fois ses oreilles remises du vacarme insoutenable, il entendit quelque part devant lui des éclats de voix. Sans chercher à saisir le sens de leurs exclamations, il se contenta de s'élancer dans leur direction, heureux à l'idée de ne plus être seul.

Il rejoignit peu après une vaste place entourée de pyramides beaucoup plus basses que celles de la ville-sanctuaire. C'est alors qu'une aveuglante lumière bleutée flamboya.

D'abord, l'Anti pensa à une deuxième explosion nucléaire. Il se jeta à terre et rampa sous un buisson formant un dôme naturel. En fait, des projecteurs implantés dans le sol venaient d'être allumés. Autour d'une large ouverture circulaire béant au centre de l'esplanade se tenaient quatre officiants arborant ces pèlerines bleu clair réservées aux agents exécutifs du Grand Prêtre.

Tonos avait maintenant une idée beaucoup plus précise de l'endroit où il se trouvait. La place constituait l'unique aire astroportuaire de Garsinath, et ces hommes attendaient à tout instant l'émersion d'un des petits vaisseaux remisés dans les hangars souterrains pour pouvoir en disposer comme il se doit, de par leur fonction.

Harkh Tonos supposa qu'ils voulaient fuir, peut-être pour informer le Haut Bâalol de l'attaque subie par la planète, ou simplement pour se mettre en sécurité. Tandis qu'il réfléchissait sur la conduite à adopter, l'un des agents fut enveloppé par une bulle énergétique aux couleurs irisées. Un cri retentit, puis l'homme disparut. Ses trois compagnons dégainèrent leurs radiants lourds et tirèrent en direction du ciel. En pure perte, car ils périrent l'un après l'autre de la même manière...

Le jeune prêtre conjectura qu'il s'agissait de champs de dématérialisation qui isolaient leur victime dans une sphère quintidimensionnelle puis la projetaient dans l'hyperespace. Mais il se demanda en vain qui ou quoi produisait cet effet.

Jusqu'à ce qu'il voie un étrange véhicule arriver en planant au-dessus de la place : une sorte de pyramide tronquée aux parois transparentes, supportée par un socle quadrangulaire et surmontée d'un réceptacle allongé de couleur rouge argenté, évoquant un cercueil. Un léger brasillement verdâtre, typique d'un écran à surcharge de haute énergie, englobait l'ensemble de l'engin.

Pendant une fraction de seconde, avant que l'appareil ne disparaisse derrière les plus proches pyramides, l'Anti discerna à travers les vitres un crâne monstrueux et un minuscule visage au regard effrayant, confinant à la folie.

Tremblant de peur, Harkh Tonos resta caché sous son buisson. C'était désormais une quasi certitude : il avait aperçu Ribald Corello, et les champs de dématérialisation résultaient certainement des facultés parapsychiques du Supermutant.

Quel monstre... ! pensa-t-il.

Il sursauta, alerté par un bruit en provenance du centre de la place. Encore sous le choc, il fixa le vaisseau ovoïde qui avait surgi du puits de lancement et reposait à présent sur une plate-forme antigrav.

Le jeune prêtre quitta prudemment son abri, sans vraiment savoir quelle décision il devait prendre dans les prochaines minutes.

Le sol trembla et, quelques secondes plus tard, quatre petites sphères sustentées par des jets corpusculaires flamboyants s'élevèrent par-delà la ville-sanctuaire. Le bourdonnement de leurs blocs-propulsion enfla d'abord avant de redescendre au niveau d'un murmure. Les nefs avaient réduit leur vitesse pour filer vers le centre de la cité en n'utilisant que leurs générateurs anti-g.

Cela ne pouvait signifier qu'une chose : la résistance du Grand Prêtre et des autres Antis était complètement brisée !

Comme mû par une pulsion irrépressible, Harkh Tonos se précipita vers le navire, s'élança à travers l'écoutille ventrale béante et gravit l'échelle axiale jusqu'à la cabine de pilotage, aménagée dans le nez arrondi du véhicule.

Non, il ne demeurerait point passif devant le véritable acte de viol perpétré par l'être abject contre Galaner ! Quoi qu'il advînt, il demanderait de l'aide pour la planète.

Le jeune prêtre activa les propulseurs et poussa à fond le levier d'accélération. Un volcan explosa sous l'engin spatial qui, soulevé par une colonne de feu, bondit vers le dais étoilé qui coiffait Garsinath.

*
* *

Ribald Corello fit barrage aux attaques mentales des antimutants en utilisant son amplificateur paramécanique. Cet appareil, sans intérêt pour un humain normal, renforçait d'un facteur cinquante mille les influx hypnosuggestifs de son monstrueux propriétaire.

En soi, pourtant, cela n'aurait probablement pas suffi car les blocs psychiques des Antis s'étaient unis en un gigantesque champ défensif hyperdimensionnel qui avait réfléchi avec violence les impulsions du monstre. Les prêtres de Bâalol connaissaient l'enjeu et combattaient avec toute leur énergie. Mais c'était avant tout le fanatisme de Balto Linsner-Kiess qui les avait incités à déployer toute l'étendue de leurs forces.

Cependant, le Supermutant avait pris les précautions nécessaires. Pendant l'approche du système de Drofronta, il avait lancé ses tentacules parapsychiques et mémorisé les schémas mentaux de nombreux cerveaux adverses. Et il exerçait à présent son talent de matérialisateur télépsi : une faculté grâce à laquelle il pouvait expédier n'importe quelle masse matérielle à l'intérieur d'autres organismes vivants, sans l'assistance d'un récepteur, selon le même processus que celui des fabuleux transmetteurs fictifs de jadis.

Néanmoins, Ribald Corello devait au préalable soit apercevoir sa cible, soit nouer le contact entre sa propre aura et celle de sa victime. En l'occurrence, il choisit la deuxième solution puis visualisa mentalement l'un des objectifs désignés avant de téléporter l'une des capsules à microcharge nucléaire. Le résultat fut foudroyant. L'engin explosa dans le corps d'un prêtre de Bâalol qui siégeait avec plusieurs de ses compagnons dans la salle sommitale d'une pyramide. La pointe de celle-ci se volatilisa, et un champignon atomique enfla rapidement dans le ciel nocturne. Les étages inférieurs, atteints peu après par la fournaise, se désagrégèrent également, emportant dans la destruction tout ce qu'ils avaient abrité, les êtres comme les choses.

À intervalles rapprochés, le monstre transféra ensuite d'autres capsules à l'intérieur des cibles mémorisées. Le champ défensif unifié créé par les Antis, fragilisé par la mort de nombre d'entre eux, diminua en puissance. Le contact se rompit entre ce barrage protecteur et plusieurs groupes de prêtres qui succombèrent quelques secondes plus tard au front d'ondes hypnosuggestives. Les victimes, devenues des extensions physiques du mutant, se rendirent dans les salles de contrôle de la ville-sanctuaire et semèrent la confusion dans les autres formations.

Ce fut l'instant où Linsner-Kiess perdit son sang-froid. Il choisit de fuir Garsinath, et non seulement de sauver sa vie mais aussi d'éviter d'être transformé en marionnette de Ribald Corello. Quatre agents exécutifs reçurent l'ordre d'utiliser une chaloupe, de décoller et de venir chercher le Grand Prêtre à la pyramide de cristal.

Le Supermutant repéra les impulsions de ces hommes et décida d'activer son arme la plus impressionnante, la dématérialisation psionique. Grâce à cette faculté associée à ses forces parapsychiques, il pouvait engendrer des bulles sphériques quintidimensionnelles atteignant huit mètres de diamètre et possédant toutes les caractéristiques des champs des transmetteurs usuels. Cependant, Corello n'était capable d'appliquer ce processus qu'à des victimes peu éloignées de lui, et visibles.

Le monstre alluma les blocs-propulsion du sarcophage. Dans le socle quadrangulaire, les microconvertisseurs à fusion nucléaire montèrent en régime et, soutenue par ses antigrav, la Châsse s'éleva d'un demi-mètre pour planer au centre de la cabine, en position d'attente.

Lançant un train d'émo-impulsions, le mutant activa alors le sas tubulaire. Une brèche circulaire s'ouvrit dans une paroi, assez grande pour laisser passer l'engin qui était aussi un véritable véhicule spatial. Il s'engagea à vive allure dans le conduit cylindrique long de quarante-cinq mètres, jaillit du navire à mi-hauteur de celui-ci et fonça dans la nuit en direction du mur d'enceinte de Garsinath.

Les remarquables appareils de détection du sarcophage avaient localisé en quelques millisecondes l'aire de décollage de la chaloupe. Le monstre enveloppa la Châsse d'un écran S.H. et la guida en vol furtif vers les sommets des pyramides. Personne ne le gêna dans sa progression, bien qu'une partie de son esprit luttât toujours contre Linsner-Kiess et ce qu'il restait du bloc défensif. Mais cela n'exigeait pas un effort immense de sa part. En effet, le Grand Prêtre était tellement distrait par la pensée de sa fuite imminente qu'il perdait peu à peu le contact avec les groupes d'antimutants et n'avait déjà plus de vision globale des choses.

Le sarcophage couvrit en une demi-minute les dix-huit kilomètres de distance jusqu'à l'esplanade dont l'éclairage intense devait être couplé avec le système d'expulsion, car le puits de lancement était déjà grand ouvert. Corello repéra sans difficulté les quatre agents et ricana. La lumière ambiante lui faciliterait amplement la tâche !

Il fixa l'un des hommes qui fut aussitôt enveloppé par un champ dématérialisateur, projeté dans l'hyperespace et annihilé.

Les autres Antis hurlèrent de surprise et d'effroi

avant de dégainer leurs armes à impulsions. Avant même d'avoir pu apercevoir le sarcophage, le suivant avait déjà disparu.

Seul le dernier eut le temps de faire feu avant de mourir. Son faisceau radiant frôla l'écran S.H. de l'adversaire et fut aisément dévié.

Le Supermutant fit encore un tour à très basse altitude au-dessus de l'esplanade. Ne voyant plus personne, il dirigea la Châsse vers la pyramide de cristal du Grand Prêtre et la fit atterrir sur l'aire semi-circulaire face à l'entrée. Un nouvel assaut hypnosuggestif, et Balto Linsner-Kiess succomba pour de bon. Il ne pouvait plus opposer la moindre résistance et sa soumission à Ribald Corello, le Tapur, augmenta de seconde en seconde.

Le monstre ne prit cependant aucun risque. Tandis qu'il balayait toute velléité de rébellion, il donna l'ordre à ses quatre vaisseaux de le rejoindre au milieu de la ville. À peine apparurent-ils qu'il les ancra en l'air au-dessus de la place, grâce à des champs antigrav. Quinze combattants aguerris en descendirent bientôt en planant et vinrent se déployer de part et d'autre du sarcophage.

Corello attendait un signe d'allégeance de la part du prêtre de Bâalol, mais un incident se produisit entretemps.

De l'aire de décollage montait à présent une colonne bleutée et aveuglante. Le Supermutant poussa un cri de douleur tout en fermant les yeux. Expulsé par ce geyser incandescent, un objet ovoïde jaillit dans le ciel et accéléra à pleine puissance en direction des étoiles. Les énergies thermiques déchaînées déferlèrent en hurlant tel un ouragan sur les pyramides de Garsinath. Les quatre sphères, sur leur coussin anti-g, vacillèrent un instant.

Vengeance ! fut la pensée initiale du monstre, mais

son esprit raisonnait avec beaucoup trop de logique pour se satisfaire d'une simple revanche. Il brancha aussitôt son télécom et entra – pour la première fois – en contact avec le Grand Prêtre, sans toutefois activer l'image.

— Ribald Corello à Balto Linsner-Kiess ! cria-t-il de sa voix perçante, si peu en rapport avec sa personnalité sombre.

Le visage blême et couvert de sueur de Balto s'afficha sur l'écran. Son regard éteint, comme émoussé, témoignait d'une volonté brisée. Il pencha la tête vers le système d'acquisition vidéo.

— Tapur… ! dit-il d'un ton grave mais amorphe. Le plus dévoué de tous vos serviteurs attend vos ordres !

Le monstre eut un sourire triomphal et méprisant.

— Une corvette a pris le large sans autorisation. Quel scélérat se trouve à bord ?

— Je le fais déterminer dans l'instant, Tapur. De plus, les frégates ont déjà été alertées et tireront à vue sur ce vaisseau pour le détruire.

— Non ! Elles patienteront !

Le nom du fugitif arriva au bout de quelques secondes. Il s'agissait d'Harkh Tonos.

Les yeux du Supermutant étincelèrent. Il avait déjà concocté son plan et – nul ne s'en doutait – lancé son exécution depuis un recoin de son esprit.

— Les frégates doivent feindre de le poursuivre, mais leur vrai but sera de capter tous ses messages et me les relayer.

— Ainsi en sera-t-il, Tapur, confirma Linsner-Kiess. (Il hésita un moment avant de demander :) Vous m'avez accordé la faveur de pouvoir vous servir. Quelle punition m'attend ?

Ribald Corello ricana. Il avait escompté cette question. Tous ceux qui avaient tenté de se soustraire à sa volonté l'avaient posée et tous, du moins ceux qui présentaient un quelconque intérêt aux yeux du monstre, avaient reçu la même réponse.

— Vous restez Grand Prêtre, annonça-t-il. Avec vos assistants, vous reprenez possession de la planète pour mon compte. Désormais vous n'êtes responsable qu'envers moi-même ou mes mandataires de tout ce qui arrivera sur Galaner.

— Vous êtes très généreux, Tapur. Nous serons à jamais vos fidèles serviteurs !

À jamais, pas sûr… Aussi longtemps que je le voudrai, oui ! rétorqua *in petto* le Supermutant.

*
* *

Son esprit était totalement paniqué et en pleine confusion. Tout ce à quoi il avait cru jusqu'ici s'était effondré.

Mais Harkh Tonos était encore trop jeune, trop fringant et trop optimiste pour pouvoir sombrer dans le désespoir à la simple pensée que ses coreligionnaires du culte de Bâalol et lui-même avaient été trahis.

Le prêtre enleva de son cou la chaîne portant le médaillon. Sur celui-ci était gravé, dans l'écriture secrète des Anciens, le serment de fidélité que chaque Anti prononçait lors de son sacerdoce. En retirant cet ornement, il abandonnait toutes ses fonctions.

Il resta assis sans bouger plusieurs minutes durant. Il lui était difficile de savoir ce qu'il devait faire, après tout ce qui s'était passé sur Galaner. Le regard fixe, il vit disparaître la planète dans la noirceur de l'espace. Et soudain, un flot de pensées jaillit dans sa conscience.

Perry Rhodan… le grand Terranien vivrait-il encore, comme le racontent les rumeurs ?

Curieux que je me cramponne à l'homme qui a le

plus durement combattu mes frères ! Peut-être est-ce dû à sa forte personnalité qui a impressionné même ses ennemis, ou au fait qu'il n'a jamais lutté pour asservir d'autres peuples ou ethnies... ?

Et s'il est vraiment mort, il reste toujours Atlan et l'O.M.U., dix mille vaisseaux de l'Astromarine Solaire de jadis, des millions de Terraniens, l'empereur Anson Argyris, héritier de Rhodan et de l'Humanité...

La main de l'Anti s'abaissa vers la touche d'activation de l'hypercom et l'enfonça d'un coup sec. Le témoin vert flamboya et le fugitif saisit le microphone.

— Ici Harkh Tonos, ancien prêtre de Bâalol sur Galaner, dans le système de Drofronta, déclara-t-il avec le calme d'un homme convaincu qu'il s'engage en faveur d'une juste cause. J'appelle le Lord-Amiral Atlan et, s'il vit encore, le Stellarque Perry Rhodan. Je prie tous les commandants de vaisseaux terraniens ou de l'O.M.U. qui capteront mon message de le relayer aux autorités compétentes. (Le jeune ex-officiant respira profondément.) Il y a à peine une demi-heure, les prêtres de la ville-sanctuaire de Garsinath ont été asservis par Ribald Corello. Il semble y avoir similitude avec d'autres planètes des Antis, et il court même des bruits selon lesquels le Haut Bâalol serait sous influence hypnosuggestive. Mais notre culte n'est pas la seule cible ! Le Supermutant est une abomination dégénérée dont la soif de pouvoir est insatiable. Ne laissez pas ce monstre s'emparer de la Galaxie et la gouverner un jour. Il est le mal incarné... Annihilez-le ! Venez sur Galaner et consumez-le dans le feu de vos canons radiants. Mais gardez-vous de ses armes effrayantes !

Tonos commuta l'hypercom en mode automatique. Le texte enregistré allait être diffusé en continu par les antennes de la corvette. Et il y aurait bien quelqu'un pour l'entendre...

CHAPITRE III

Le major Perricone Heublein marmonna un juron lorsque le docteur Granner le poussa dans ses derniers retranchements en avançant son roi. Les deux hommes jouaient depuis une heure et demie aux échecs tridimensionnels et, comme presque toujours, le médecin-chef de l'*Atlanta*, un croiseur de la classe des Villes, se révélait bien supérieur au commandant.

— Terminé pour aujourd'hui ! déclara l'officier en éteignant le jeu. (Il passa les doigts dans sa chevelure noire et soupira.) Nous patrouillons maintenant depuis trois semaines dans ce secteur du Centre galactique et nous n'avons encore reçu aucune directive !

Le docteur étouffa un rire.

— Vous devriez vous en réjouir, major. Une paix ennuyeuse vaut toujours mieux qu'une confrontation, fût-elle minime.

Perricone Heublein fronça les sourcils puis, très cérémonieux, il retira de son étui un long cigare noir et l'alluma. Après une première bouffée, il se cala contre le dossier de son fauteuil-contour.

— Je ne souhaite pas la guerre, répondit-il. Aucun homme normal n'y aspire sérieusement. Mais où peut nous conduire une mission faite de reconnaissances sporadiques dans une région inexplorée ? À la rencontre avec une civilisation inconnue ou au contact avec un nuage d'énergie intelligent… ?

Melodim Granner secoua la tête et rétorqua, tout en se rendant au distributeur et en sélectionnant un verre d'eau minérale :

— La modestie n'est apparemment pas votre fort, mon cher major. Vous aimeriez absolument sortir de l'anonymat, devenir un homme célèbre, faire carrière, n'est-ce pas ?

Les yeux sombres d'Heublein brillèrent.

— Vous avez probablement raison, Docteur. Et pourquoi pas ? Qu'y a-t-il de mal à cela ?

— Rien ! reconnut le médecin. Finalement, la plupart des gens en rêvent lorsqu'ils entrent dans l'Astromarine. (Il but une profonde gorgée avec délectation.) Arrivez déjà à mon âge et vous reconnaîtrez peut-être que la vie a mieux à offrir que l'accomplissement de souhaits ambitieux. Les vrais miracles sont dissimulés en l'homme lui-même. À celui qui sait les susciter, l'Univers se présente comme un coffre bourré de prodiges, du ballet des poissons dans l'eau claire jusqu'à une chaude averse, du plus minuscule insecte jusqu'au spectacle d'une supernova.

Perricone sourit, incrédule.

— Vous vous payez ma tête, Docteur ? Un insecte ! Je ne m'imagine pas m'extasier en contemplant un moustique qui me sucerait le sang… !

— Cela fait également partie des miracles de la nature, major. Examinez bien l'anatomie d'un spécimen femelle et la façon dont votre fluide vital transite dans son enveloppe corporelle diaphane…

Les sirènes d'alarme de niveau deux se déclenchèrent brusquement et Granner fit un geste incontrôlé de la main, renversant son verre d'eau.

Le major se figea, le cigare entre les dents, puis il

bondit vers l'hypercom. Le visage de son officier en second apparut sur l'écran.

— Que se passe-t-il ? le questionna Heublein. Pourquoi faites-vous donner l'alerte ?

— Le centralcom a capté un appel de détresse très intéressant, Monsieur. Un Anti du nom d'Harkh Tonos a réussi à fuir de Galaner où Ribald Corello vient de conquérir le pouvoir.

— Ah... J'arrive immédiatement ! répondit Perricone en jetant son cigare dans le convertisseur de déchets.

— Peut-être allez-vous enfin l'avoir, votre aventure ! Espérons qu'elle ne nous coûte pas la vie...

— Pardon... ? demanda le commandant, stupéfait, avant de sortir en trombe de la cabine.

Ses pensées tourbillonnaient dans son esprit. Ribald Corello, le Supermutant ! Son nom obsédait la Galaxie, un synonyme d'oppression répandant des relents d'incrédulité et de peur. Ce n'était plus un secret : son influence sur les idolâtres du culte de Bâalol prenait de plus en plus d'ampleur, et de nombreux Grands Prêtres étaient devenus de simples marionnettes à sa botte.

Oui, l'Aventure était peut-être vraiment au rendez-vous... !

Une fois dans le centralcom, il fit relire l'enregistrement du message d'Harkh Tonos dont le visage s'affichait sur l'écran de projection. L'image et le son étaient excellents. Si le major avait connu Ribald Corello, les faits relatés lui auraient semblé plus suspects que motivants, mais il considérait l'occasion comme un heureux hasard.

Il tressaillit cependant lorsqu'il entendit le jeune Anti clamer que le Supermutant était un « monstre dégénéré ». À l'instar de tout natif de la Terre ou d'une planète coloniale, il ne lui serait pas venu à l'idée d'interpréter ce terme au sens physique, mais uniquement sur le plan mental. Et face à un esprit aussi perverti, on était toujours aussi terrifié au XXXVe siècle qu'on pourrait l'être encore dans un million d'années.

Le responsable du centralcom interrogea du regard son supérieur. Heublein se racla la gorge, s'avança jusqu'au décodeur à impulsions et entra plusieurs instructions dans la positronique de restitution. Puis il se tourna vers le technicien et déclara en souriant :

— Une station secrète de l'O.M.U. se trouve quelque part dans un rayon de cent cinquante années-lumière et je viens de diffuser le signal de reconnaissance. (Il retira un plastofeuillet de la fente de l'imprimante.) Vous avez ici les fréquences chiffrées ainsi que les données de base pour le calcul d'un faisceau unidirectionnel. Établissez aussi vite que possible une liaison hypercom focalisée !

L'homme acquiesça, s'entretint quelques instants avec la positronique principale puis il s'employa à l'ajustement de l'antenne émettrice.

Dès que les premières impulsions eurent été envoyées, un symbole inconnu apparut sur l'écran 3D-vidéo et une voix métallique exigea une identification, aussitôt communiquée par Perricone avec le code du jour.

Le buste d'un homme en uniforme de spécialiste de l'O.M.U. s'afficha sur le moniteur.

— Lieutenant-colonel Warren Heister, déclara-t-il, un fin sourire sur les lèvres. Quelle nouvelle d'extrême importance m'annoncez-vous, major ?

— Une information sur Ribald Corello, répondit Heublein en remarquant, à sa plus grande satisfaction, que la curiosité de son interlocuteur s'éveillait brusquement. Je vous en transmets l'intégralité.

Dès sa réception, l'officier saisit le feuillet qui venait de s'imprimer et le lut en remuant légèrement les lèvres, le reste du visage figé comme un masque impénétrable. Perricone s'imagina pourtant très bien les cogitations qui se déroulaient dans le cerveau de son interlocuteur.

Ce dernier releva enfin la tête, puis son regard croisa celui du major et les deux hommes se comprirent sans avoir à prononcer une parole de plus.

— Je vous remercie, conclut Heister. L'annonce est retransmise immédiatement aux plus hautes instances. Veuillez vous tenir à disposition. Il se peut que de nouveaux ordres vous soient bientôt relayés.

Heublein voulut demander de qui viendraient ces directives, mais le spécialiste de l'O.M.U. avait déjà coupé la liaison.

*
* *

L'ultracroiseur *Intersolaire* courait sur son erre dans le cosmos. Une nébuleuse scintillait sur les secteurs bâbord de la galerie panoramique. Une brèche sombre, à peu près circulaire malgré sa bordure très irrégulière, béait au milieu de la structure gazeuse effilochée.

En réalité, la cavité apparente n'était que le jeu d'ombres portées par un planétoïde solitaire qui, assez éloigné du nuage, participait à la rotation de la Voie Lactée selon une trajectoire sur laquelle le navire avait calqué son cap. Cet astéroïde dissimulait la centrale de contrôle d'une des organisations les plus puissantes de la Galaxie : il se nommait Quinto-Center, et c'était le quartier général de l'O.M.U. !

Le vaisseau amiral de Perry Rhodan ne se trouvait cependant pas à proximité immédiate. Le Stellarque avait quitté le Système Solaire, dissimulé à cinq minutes dans le futur, pour discuter d'un important problème humain avec les deux psychologues en chef de cette base.

Il conversait d'ailleurs dans sa suite privée avec l'un d'eux, le professeur Emerson Barkley.

Celui-ci, un petit homme mince aux traits fortement marqués, à la peau cuivrée et aux longs cheveux noirs, faisait nerveusement les cent pas devant le Terranien immortel.

— Deux ans et trois mois ont passé depuis que Sol et ses planètes sont devenus le Système Fantôme, rappela le spécialiste. Mis à part le fait que la réalisation du Projet Laurin a empêché une guerre fratricide à l'échelle galactique entre civilisations humaines, elle a aussi soulevé de nombreux problèmes psychologiques dont la résolution ne se laissera pas différer indéfiniment.

— Je l'ai compris depuis longtemps, répondit Rhodan. Mais je considère la conjoncture comme défavorable. L'Humanité est gravement menacée par l'arme à retardement qui orbite dans la chromosphère du Soleil, et l'activité de ce monstre de Corello s'intensifie de jour en jour. En plus des gens déjà dans la confidence, devrons-nous en informer d'autres que le Système de Sol existe toujours ?

— Absolument, déclara Barkley en s'immobilisant devant le Stellarque. Au bout de ces vingt-sept mois, même les personnes ignorant les faits ont le droit de savoir que leurs parents vivent encore. Le Parlement de Terrania est submergé de pétitions dans lesquelles toutes les couches sociales de la race humaine demandent à reprendre contact avec les membres de leur famille affectés sur les vaisseaux de l'Astromarine Solaire. Je ne peux que m'incliner en songeant à la terrible situation qu'ils ont stoïquement supportée jusqu'à présent.

Perry Rhodan opina du chef. Le visage fermé, il fixait le vide. Des instants comme celui-ci avaient sur lui un effet extrêmement déprimant. Il compatissait à la douleur des gens qui avaient été séparés par le Projet Laurin. Par ailleurs, il savait trop bien qu'une concession à ce moment aurait mis en danger ceux qu'il voulait protéger. Même si on avait restreint le cercle des initiés, celui-ci apparaissait encore trop grand au Stellarque depuis que les facultés parapsychiques inconcevables du Supermutant avaient été en partie dévoilées. Son pouvoir hypnosuggestif pouvait briser tout bloc mental défensif. Tôt ou tard, cet adversaire d'un genre inédit éluciderait le mystère du Système Fantôme ; pourtant, Rhodan voulait en reculer le plus possible l'instant. Le danger à écarter avant tout était celui issu du passé, ce satellite tueur intra-solaire placé il y a deux cent mille ans dans la chromosphère de l'étoile en vue de la destruction de l'astre et de ses planètes.

Le Stellarque se redressa et regarda le cosmopsychologue droit dans les yeux.

— Vous avez raison, Docteur, dit-il, mais vos propositions ne sont pas réalisables. (Il leva la main quand Emerson Barkley voulut protester.) Je sais bien que le secret ne peut pas être gardé éternellement ; cependant, aussi fort que soit mon désir d'informer tous les soldats et officiers de l'Astromarine Solaire, je me dois de le refouler. Je suis responsable envers l'Humanité tout entière. Je vous propose par contre d'annoncer de manière subtile aux effectifs de la flotte dont des parents résident dans le Système Fantôme, que ces derniers ont été transplantés sur des mondes industriels secrets et qu'ils se portent bien. Sur le principe, ce petit mensonge est insignifiant et, de plus, il ne fournit aucune piste concrète à nos ennemis.

Le cosmopsychologue réfléchit quelques instants, puis il haussa les épaules.

— Je comprends, Monsieur. Je reconnais que nous ne pouvons pas faire autrement en attendant de neutraliser ce Corello. Il n'est pas moins dangereux que l'arme à retardement.

— Nous devons… commença le Stellarque avant d'être interrompu par l'appel de l'intercom.

Il pivota et alluma l'écran, sur lequel apparut le visage d'un officier.

— Ici la centrale des transmetteurs, Monsieur. Le Lord-Amiral vient d'annoncer son arrivée imminente depuis Quinto-Center. Puis-je…

— Activez une station réceptrice ! Vous enverrez aussitôt Atlan dans ma cabine, capitaine !

Rhodan éteignit le moniteur et se tourna de nouveau vers son visiteur.

— Saviez-vous que votre chef avait l'intention de me voir, Docteur ?

— Non, Monsieur !

— Alors, c'est que quelque chose d'important à ses yeux a dû se produire après votre départ…

*
* *

— Alors, Perry… ? interrogea l'Arkonide dès que son ami eut fini de lire le message du prêtre de Bâalol en fuite.

— Je me demande, avant tout, si l'appel de détresse de l'Anti est bien authentique. Ce pourrait être une feinte pour nous attirer dans un piège.

— Bien sûr, cette hypothèse n'est pas entièrement à exclure… mais le secteur logique de la positronique l'a authentifié avec une probabilité de quatre-vingt-quatre pour cent. Il dénie l'éventualité d'un piège car l'émission, vu sa puissance relativement faible, n'a été captée par l'*Atlanta* que par hasard et parce que le croiseur se trouvait dans le même secteur spatial.

Rhodan hocha plusieurs fois la tête puis se mit à arpenter la salle tout en réfléchissant.

— Ribald Corello procède avec méthode, force est de lui rendre cette justice. Il construit pas à pas les fondations de son pouvoir. Mais de là à songer qu'il ait aussi asservi le Haut Bâalol…

Atlan haussa les épaules.

— Cela a l'air inconcevable, c'est vrai. Même l'ancienne Milice des Mutants au complet n'aurait pas été capable de l'emporter au niveau parapsychique sur le Prêtre Suprême et sa garde, sans parler de tomber sous leur influence hypnosuggestive durable. Sans s'occuper d'abord de lui, Corello n'aurait jamais réussi son attaque contre les habitants de Galaner car d'autres Antis leur seraient venus en aide. Vu ainsi, il paraît donc logique que le Supermutant se soit en premier lieu chargé du Haut Bâalol.

— Considérons cela comme acquis ! embraya Perry. Il nous faudrait par conséquent frapper fort et vite !

— J'ai déjà commandé aux vaisseaux de la 9e Escadre Lourde d'Intervention de se regrouper dans le secteur dit « Poterne du Mur d'Enceinte ». Deux cents croiseurs lourds devraient suffire pour infliger une défaite au mutant le plus doué, mais il y a une autre difficulté…

Le Stellarque fronça les sourcils et regarda attentivement le visage de son ami.

— Nous ne savons pas grand-chose du système de Drofronta, à part son nom et celui de sa deuxième planète, Galaner, déclara le Lord-Amiral avant de saisir un feuillet dans sa poche-poitrine. Voici un extrait du Manuel terranien des Mondes Répertoriés…

— Comment ça ? demanda Rhodan, stupéfait, en lui prenant le papier des mains. Mais le M.M.R. est totalement dépassé !

— C'est bien pour cela que les coordonnées précises de ce système n'y figurent pas. Il est seulement signalé comme distant de vingt-quatre mille quatre cent quarante et une années-lumière de Sol, d'après l'ancien catalogue stellaire akonide. Le M.M.R. ajoute toutefois que cet astre se trouve à la périphérie extérieure du Centre galactique. Nous pouvons donc au moins en déduire un volume spatial de trois cents par quatre mille par neuf cents années-lumière.

— Avec combien de soleils rouges ? ironisa Rhodan.

— Environ neuf mille, Perry. Mais le cap et les coordonnées d'émission du navire en fuite nous donnent des indications supplémentaires. Nous pouvons probablement ramener le secteur de recherche à un parallélépipède de cent par cent trente par soixante années-lumière.

— C'est encore trop grand !

— Évidemment, surtout parce que nous rencontrerons dans cette région un puissant rayonnement hyperénergétique, voire des courants de plasma qui peuvent compliquer la navigation. Mais j'ai déjà remué ciel et terre pour obtenir des informations plus précises sur le système de Drofronta et Galaner.

Le Stellarque approuva d'un signe de tête puis se dirigea vers l'intercom.

— Je dois cependant anticiper une chose : il faut mettre en sécurité l'Anti Harkh Tonos.

Le chef du centralcom de l'ultracroiseur, le major Donald Freyer, apparut aussitôt sur l'écran.

— Oui, Monsieur ? demanda-t-il.

— C'est urgent ! Hypermessage en code alpha pour le croiseur léger *Atlanta*, major Perricone Heublein.

Voici le texte : « Cap immédiat sur le navire de l'antimutant, puis récupération du fuyard avec le maximum de précautions. Obtenez de lui les coordonnées de Drofronta, ralliez ce système et observez-y les événements en cours sur Galaner. Aucune ingérence dans les actions militaires. Attention : questionnez Harkh Tonos sur les facultés psi de Ribald Corello, en vous basant sur les informations déjà connues. Terminé ! »

Freyer confirma qu'il avait tout enregistré, puis Rhodan bascula l'intercom sur la passerelle. Le commandant en second, le lieutenant-colonel Senco Ahrat, s'annonça.

— Où est Korom-Khan ? s'enquit le Stellarque.

Le maigre émo-astronaute eut son habituel rictus en coin, car son nez déviait légèrement sur la gauche. Bien qu'une correction puisse être réalisée sans difficulté par tout médecin à bord de l'ultracroiseur, le Groenlandais s'y refusait toujours avec vigueur.

— Le colonel est dans les bras de Morphée sous l'effet de son somnifère, Monsieur, répondit l'officier. Peut-être a-t-il même branché son inducteur onirique…

— Alors laissez-le rêver. Mettez le cap sur l'anneau équatorial extérieur du Centre. Le Lord-Amiral vous fournira la position de l'objectif lors de notre première manœuvre d'orientation.

Sans la moindre gêne, le lieutenant-colonel gratta la touffe de cheveux d'un blond exceptionnel qui coiffait son crâne.

— L'anneau équatorial extérieur… Quel coin précis, si je peux me permettre ?

— Combien de coins un anneau possède-t-il, selon vous ? rétorqua Rhodan avec humour.

Le nez d'Ahrat s'étira encore plus vers la gauche.

— Aucun, bien sûr, Monsieur. C'était juste une

façon de parler. N'avez-vous vraiment pas d'informations plus détaillées ?

— Commencez donc par prendre la bonne direction !

Le Stellarque coupa la communication. Peu après, il sentit le sol vibrer sous ses pieds. Le vaisseau avait déjà démarré.

Dans le bourrelet équatorial de l'*Intersolaire*, les propulseurs ne tardèrent pas à monter en régime. La nef amirale terranienne accéléra pendant dix minutes, puis elle disparut dans la zone de libration.

*
* *

— Ah ! Enfin ! s'exclama Perricone Heublein tout en parcourant l'hypermessage décodé. Je me disais déjà que le Q.G. ne prendrait pas ma requête au sérieux.

— Que nous ordonne-t-on ? questionna le lieutenant Wayre Ludov.

— De sauver cet antimutant, Harkh Tonos, puis d'aller observer Galaner. Tiens…

— Quelque chose ne va pas, Monsieur ?

Le major s'assit et alluma un de ses cigares noirs.

— L'annonce est en code alpha, Ludov. Seul Perry Rhodan s'identifiait autrefois de cette façon. Je me demande s'il n'est pas toujours en vie !

— Je ne crois pas. Si tel était le cas, le Système Solaire existerait encore lui aussi. Le Stellarque n'aurait jamais abandonné l'Humanité. Non, tout est perdu… La Terre, ma ville natale, mes parents, mes frères et sœurs, et Maria Tschudlitza, ma fiancée…

Perricone Heublein éteignit son cigare, comme s'il n'était brusquement plus à son goût. Lui aussi avait eu du mal à encaisser la disparition de Sol III, même s'il n'avait eu là-bas aucune famille.

— Allons chercher notre prêtre de Bâalol ! lança-t-il après une pause.

Il appela le centralcom et se fit préciser la position calculée d'après les caractéristiques du message de détresse de l'antimutant. L'émission devait s'effectuer en mode automatique, car le texte se répétait sans la moindre différence.

— Soixante-trois années-lumière, murmura-t-il en programmant une étape linéaire. Ce sera bref. Je m'étonne que notre ami se déplace simplement à quatre-vingts pour cent de la vitesse luminique. Il ne pense apparemment pas être poursuivi.

— Il ne pourrait pas émettre depuis l'entr'espace, expliqua le lieutenant.

— Tout à fait exact !

Heublein fit descendre la résille T.R.E.S. sur son crâne, puis il activa l'unité d'émo-contrôle. Ses impulsions psychiques suppléaient à une vitesse infinie les gestes physiques autrefois nécessaires.

Dix minutes plus tard, il put réduire sa tâche à la seule surveillance des instruments de mesure. Le vol linéaire était à présent piloté par la positronique de navigation.

Soixante-trois années-lumière ne représentaient pas grand-chose, notamment pour un croiseur léger ultra-rapide comme l'*Atlanta*, dont quatre-vingt-dix pour cent de l'équipement se composait de convertisseurs énergétiques, de réservoirs de plasma surcatalysé et de blocs-propulsion. Une demi-heure après le début de la manœuvre linéaire, le navire resurgit dans le continuum einsteinien. Les appareils de détection se mirent aussitôt en action. Des faisceaux palpeurs supraluminiques sondèrent l'espace environnant ; les échos en retour, captés par les antennes réceptrices du vaisseau, furent répertoriés par les secteurs d'évaluation de la positronique puis transformés en symboles compréhensibles pour l'intellect humain.

— Centralcom ! lança Wayre Ludov dans son microphone. Captez-vous encore les hypersignaux de l'Anti ?

— Plus du tout, Monsieur, répondit l'officier responsable après quelques secondes. Il a probablement cessé d'émettre pour ne pas être repéré par d'éventuels poursuivants.

Heublein se libéra de la résille T.R.E.S. et lui fit réintégrer son alvéole de rangement. La mine renfrognée, il écouta les explications du radio en chef puis il appela la centrale de détection.

Le rapport des experts était déjà plus prometteur. Les hypersenseurs avaient renvoyé l'écho d'un vaisseau ovoïde d'environ soixante mètres de longueur pour quarante de diamètre. Il dérivait à seulement dix-neuf heures-lumière de là.

— Pourquoi n'accélère-t-il pas ? murmura le lieutenant, pensif.

— Il fait le mort, déclara le major. S'il nous a localisés et nous prend pour un navire venant de Galaner…

— À moins qu'il y en ait effectivement à proximité ! rétorqua Ludov.

Perricone Heublein s'en assura à nouveau auprès de la détection. Non, l'Anti était bel et bien seul.

Le Terranien fit calculer les paramètres de vol et engagea une deuxième manœuvre linéaire. Il renonça à la résille T.R.E.S. pour piloter manuellement et s'orienter d'après les référentiels visibles sur l'écran du senseur de masse.

Lorsque le croiseur léger émergea dans le continuum einsteinien, l'image de la corvette distante d'à peine cinquante kilomètres se dessina sur le secteur frontal de la galerie panoramique.

Le major renonça à ériger son écran S.H., trop facilement repérable, puis il appela le navire anti par télécom.

Contre toute attente, il reçut une réponse immédiate. Un jeune homme en combinaison gris brun s'afficha sur la partie inférieure du moniteur. Sur son visage sévère, deux yeux sombres reflétaient l'horreur muette qui découlait à l'évidence des péripéties qu'il avait vécues dans la ville-sanctuaire de Garsinath.

— Ici le major Heublein, croiseur terranien *Atlanta*. Êtes-vous Harkh Tonos ?

— Oui ! Appartenez-vous à l'Astromarine Solaire d'autrefois ?

— Exact ! Nous avons reçu votre appel de détresse et l'avons relayé à la plus proche base de l'O.M.U. Le Lord-Amiral Atlan devrait arriver sous peu avec une escadre. Êtes-vous d'accord pour que nous vous prenions à bord ?

— J'allais même vous en prier ! Tout seul, je ne m'en sors pas avec la navigation. En tout cas, pas dans ce secteur !

— En effet, on a besoin d'une positronique dédiée et d'une bonne dose d'intuition pour trouver son chemin à travers les voiles de gaz incandescents en perpétuel mouvement. Attention, nous entamons la manœuvre d'approche. Restez calme !

Le major interrompit la liaison et guida avec précaution l'*Atlanta* à proximité du navire anti.

Curieux, pensa-t-il, *qu'il faille un ennemi commun beaucoup plus puissant pour que les membres de deux peuples adverses acceptent de coopérer* !

Une fois la corvette enserrée par les rayons tracteurs du croiseur, Perricone rappela Harkh Tonos.

Mais le jeune prêtre ne répondit pas.

— J'aimerais bien savoir ce que ça veut dire ! grogna Heublein.

— Peut-être que notre ami pique un roupillon, ironisa Wayre Ludov.

Le major réfuta cette hypothèse et entra en liaison avec la centrale d'intervention.

— J'ai besoin de dix soldats expérimentés ! ordonna-t-il. Enfilez vos spatiandres, nous nous retrouvons au sas BS-3 ! Il y a quelque chose de foireux chez l'Anti !

— Vous voulez y aller vous-même, Monsieur ? s'enquit le lieutenant. À votre place, je ne bougerais pas d'ici. Après tout, c'est à l'autre de s'annoncer s'il veut être sauvé.

— J'ai un mauvais pressentiment, Ludov, avoua Heublein, préoccupé, tout en endossant sa combinaison de combat avec l'aide de son second qui vérifia ensuite l'unité dorsale.

Le major rejoignit l'équipe d'intervention dans l'antichambre du sas. Un seul regard lui suffit pour se convaincre qu'il pouvait faire totalement confiance à ces hommes. Tous âgés de plus de cinquante ans, ils avaient eu trois décennies pour aiguiser leurs réflexes dans de nombreuses missions. Chacun d'eux équivalait à une vingtaine de jeunes novices.

— Je flaire un piège, leur dit-il. Je ne peux pas m'expliquer autrement le soudain silence d'Harkh Tonos. Activez vos écrans individuels pour avancer jusqu'au navire, à l'intérieur duquel nous nous disperserons aussitôt. Utilisez en priorité vos paralysateurs, sauf cas de légitime défense où chacun agira de son propre chef.

Les soldats ricanèrent. Irrité par leur manque de sérieux, Heublein, qui se considérait comme un bon combattant, s'interdit pourtant toute remarque.

Une fois le vantail extérieur ouvert, ils s'élancèrent l'un après l'autre et planèrent en direction du vaisseau ovoïde. Les deux derniers hommes s'immobilisèrent, les armes prêtes à tirer, tandis que le major et un membre du groupe d'assaut ouvraient le sas puis pénétraient à l'intérieur de la corvette.

Le Terranien connaissait ce type de navire et savait où trouver le poste central. Il s'y dirigea avec quatre de ses compagnons, tandis que les autres se dispersaient de tous côtés. À première vue, il pensa qu'Harkh Tonos dormait vraiment, comme l'avait conjecturé avec facétie son second. Mais l'Anti reposait mollement dans son fauteuil, la tête formant un angle insolite. En contournant le siège, le major remarqua que le jeune prêtre n'était plus en vie. Ses yeux injectés de sang étaient en partie exorbités. Des filets rouge sombre avaient coulé des oreilles, du nez et des commissures de la bouche jusqu'à la combinaison du malheureux dont le visage était un masque d'horreur transie.

L'un des soldats lâcha un juron.

— Qu'est-ce que c'est que cette abomination ? souffla-t-il. On dirait qu'il est mort parce que son cerveau a été bombardé par des ultrasons.

Perricone Heublein secoua la tête et déglutit. Il savait comment l'Anti avait péri. Ces symptômes avaient été décrits dans les récentes instructions diffusées aux commandants de vaisseaux.

— Non, rectifia-t-il, ce n'est pas ça. C'était un assassinat programmé. L'encéphale de Tonos a explosé de l'intérieur. On lui a implanté par voie paramécanique une microcapsule détonante connectée à un bloc hypnosuggestif. Quand nous nous sommes approchés, les pensées de l'Anti ont suscité une contradiction qui a activé le système d'amorçage.

— Une microcapsule détonante… implantée par voie

paramécanique… répéta le soldat d'un air incrédule. Il faut être un monstre pour faire de telles choses.

— En effet… approuva le major. C'est une évidence, Ribald Corello est un monstre !

*
* *

Le sarcophage ultrasophistiqué du Supermutant planait à ras du sol. Derrière la pyramide de cristal, le ciel s'était embrasé d'une lumière couleur sang, caractéristique de l'aurore sur un monde éclairé par une géante rouge.

À travers la paroi transparente de troplonite blindée, Corello observait la procession des zélateurs de Bâalol. Balto Linsner-Kiess marchait en tête, portant religieusement un coussin noir sur lequel était posé un objet métallique scintillant. Les yeux du Grand Prêtre fixaient son nouveau maître.

Celui-ci eut un léger sourire.

— Regarde la vermine servile qui s'approche en rampant, Mère, chuchota-t-il comme si le cadavre de Gevoreny Tatstun, à l'abri d'une stase hyperénergétique, pouvait l'entendre. Leurs yeux voient quel monstre je suis… (il gloussa) mais ils n'osent pas se l'avouer en pensée. S'il est vraiment encore en vie, même ce Perry Rhodan mordra la poussière devant nous en gémissant. J'en ferai ton esclave personnel. Tu me comprends, Mère ?

L'humeur du mutant changea brusquement. Il fit la grimace et demanda :

— Pourquoi ne réponds-tu pas ? Tu sais pourtant que je te chéris, moi, ton fils unique. Ou bien la présence de ces bâtards te dérange-t-elle ?

Il pencha son crâne soutenu par l'appui-tête spécial et riva son regard sur l'un des hommes. Ses petites mains tripotèrent une boîte et en retirèrent une masse d'apparence carnée, de la grosseur d'un pouce, animée de lentes pulsations.

Un instant plus tard, elle avait disparu.

L'officiant qui marchait derrière Linsner-Kiess leva les bras au ciel. Un cri perçant s'échappa de sa bouche grande ouverte puis il trébucha en avant, portant une main à hauteur de son cœur. Les autres prêtres reculèrent, effrayés. Ils observèrent leur coreligionnaire qui se tordit de douleur sur le sol, se cabra et retomba mollement, foudroyé.

— C'était la sanction pour t'avoir offensée ! s'écria Corello sans se soucier de ne pas être entendu. Mais c'est assez, Mère. J'ai encore besoin des autres.

Tous se jetèrent à terre et s'avancèrent sur les dalles en rampant, murmurant hommages et supplications mélangés. Balto poussait le coussin noir devant lui. De la salive coulait aux commissures de ses lèvres tremblotantes.

— Debout ! ordonna le monstre, s'aidant d'une puissante impulsion hypnosuggestive.

Les Antis obéirent comme des marionnettes et se rapprochèrent de la Châsse qui descendait lentement et se posa. Puis un escalier d'accès fut installé par deux astronautes du vaisseau du Supermutant.

Le Grand Prêtre fut le premier à le gravir. Ses yeux vitreux ne semblaient pas réellement voir son maître. Il tendit en avant le coussin de velours.

— Faites preuve de clémence, Tapur, murmura-t-il. Veuillez accepter l'impulseur codé qui commande à toute la cité sacrée. Garnisath vous appartient, et nous sommes vos serviteurs. La planète est à votre entière disposition, Tapur. Ordonnez, et nous obéirons !

— J'ose l'espérer, répondit Corello sans juger nécessaire d'activer les haut-parleurs extérieurs.

Il se concentra sur le décodeur et l'expédia, par voie parapsychique, jusqu'à sa console de contrôle sur laquelle il se rematérialisa. Le Supermutant venait encore de soumettre un monde sans la moindre difficulté. De plus, aucun tribunal galactique, aucun conseil populaire ne pourrait prouver que Galaner ou les autres planètes avaient été conquises par la violence. Et ce n'étaient pas leurs habitants asservis qui affirmeraient le contraire, moyennant un dernier petit détail à régler…

Ribald Corello effaça de la mémoire des prêtres de Bâalol la moindre réminiscence du combat autour de la ville-sanctuaire. Il leur imposa par hypnosuggestion le souvenir de l'avoir de leur plein gré reconnu comme leur souverain.

Balto Linsner-Kiess se retira après moult révérences. Ses assistants gravirent la rampe l'un après l'autre, s'inclinèrent en silence devant le monstre et s'éclipsèrent. Le Supermutant répugnait à ce type de cérémonial ; pourtant, il savait qu'il lui était impossible de l'éviter s'il voulait ancrer son pouvoir assez profondément. Chaque peuple possédait quantité de coutumes bien définies dans le but de consacrer son plus haut représentant, qu'il s'agisse de la séance officielle au cours de laquelle le nouveau responsable d'un gouvernement, élu au suffrage universel, prêtait serment sur la constitution ou bien du rituel d'intronisation d'un chef de tribu barbare. Ne pas se plier à ces règles spécifiques eût signifié l'absence de ce charisme qui permettait à tout souverain de s'élever au-dessus de la masse et lui conférait un statut d'exception. La force brutale à elle seule ne faisait pas tout, comme l'avaient démontré de nombreuses dictatures au cours de l'Histoire galactique passée et présente.

L'épuisante corvée se termina enfin. Le monstre se retira avec son sarcophage dans sa cabine à bord de son vaisseau amiral. Là, dans la solitude où aucune autre créature ne pouvait le surprendre, il activa d'une impulsion le système d'alimentation. Des bras manipulateurs se tendirent et vinrent lui déposer un peu de bouillie nutritive dans la bouche. Puis le suceur entra en action. Corello exigeait de faibles quantités de nourriture et de liquide, pourvu que ceux-ci soient suffisamment riches en vitamines, protéines et minéraux. Son énorme cerveau réclamait à lui tout seul la majeure partie de ces substances.

Le repas s'acheva et un autre appendice déployable vint nettoyer les lèvres du Supermutant. Puis les nervures de son appui-tête se replièrent. Le monstre se détendit. Affichant le visage d'un bambin réjoui, il s'allongea ensuite sur son rembourrage ouaté. Il suça son pouce encore quelques minutes, et son crâne massif retomba sur le côté.

Ribald Corello dormait aussi profondément qu'un nourrisson rassasié. Mais les rêves qui naissaient dans les secteurs correspondants de son cortex étaient tout autres que ceux d'un enfant…

CHAPITRE IV

Le Supermutant se réveilla dix heures plus tard. Il se sentait frais et plein d'allant. Le combat autour de la ville-sanctuaire de Garsinath n'avait pas laissé la moindre trace.

Corello remarqua les chromatismes écarlates qui animaient l'écran du microcom, mais il décida de prendre son temps. Il examina tout d'abord le bloc hypnosuggestif de Balto Linsner-Kiess. Il constata, satisfait, que le Grand Prêtre pensait et agissait toujours selon sa volonté.

Le monstre étendit ensuite ses tentacules parapsychiques dans ce plan hyperdimensionnel où tous les processus se déroulaient sans décalage temporel, et couvrit l'espace bien au-delà du système de Drofronta. Il découvrit la trace résiduelle des impulsions mentales de Tonos, rien de comparable à une conscience encore structurée. Ainsi donc, le bloc avait été activé, la charge explosive amorcée, et l'Anti était mort. Cela signifiait aussi la présence d'étrangers, vraisemblablement des Terraniens, attirés par son appel hypercom.

Ribald Corello lâcha un ricanement sardonique en imaginant leurs réactions de répulsion face au cadavre du jeune prêtre. Ils ressentiraient alors un effroi sans nom, à l'instar de tous ceux qui avaient été confrontés à sa façon de procéder. Ils devraient également considérer le cerveau déchiqueté comme une preuve de la présence du Supermutant sur Galaner. Ils se garderaient probablement d'approcher le Système de Drofronta. Mais Perry Rhodan, s'il vivait encore – et le monstre en était convaincu –, ne reculerait pas. Non ! Le Stellarque de Sol ignorait la peur. Lutter contre lui serait un défi en soi-même si, à terme, la victoire reviendrait évidemment au digne fils de Gevoreny Tatstun !

Il activa enfin le microcom et entra en contact avec la centrale de son vaisseau.

— Et alors… ? demanda-t-il, impatient.

— Un courrier attend depuis huit heures, Tapur, répondit Arne Mitzum en s'inclinant. Il se nomme Bertoser Shungten.

Il s'agissait d'un des agents les plus importants du Supermutant, infiltré quelques années plus tôt sur la planète Copernic, le monde central des Scientifiques. À peine cinq mois auparavant, Corello avait appris qu'un groupe de savants menés par Guerinos de Lapal, assistés par des Terraniens, avait effectué une expérience chronoclaste. Il avait immédiatement ordonné de collecter le maximum d'informations à ce sujet.

— Huit heures ? Moi, je l'attends bien depuis cinq mois ! répliqua-t-il malicieusement. Qu'il vienne !

Il se redressa afin d'adopter une position convenable. Les nervures de l'appui-tête se déployèrent pour soutenir son crâne surdimensionné. Il laissa ensuite son sarcophage s'enfoncer d'un mètre et demi dans le plancher de la cabine.

À peine une minute plus tard, un homme aux cheveux blancs qui lui descendaient presque jusqu'aux épaules pénétra dans la vaste pièce. Sa lèvre supérieure s'ornait d'une mince moustache argentée aux pointes retombantes. L'individu portait les habits ordinaires des

Scientifiques de Copernic. Il s'immobilisa à la porte et s'inclina respectueusement.

— Tapur… !

Le mutant brancha les haut-parleurs extérieurs de la Châsse.

— Approchez-vous, Shungten ! ordonna-t-il. J'escomptais votre visite beaucoup plus tôt…

— J'implore votre pardon, Tapur, supplia l'agent, hésitant.

Ses yeux vagabondaient sans cesse, mais le monstre intercepta son regard et se délecta de l'horreur qu'il y lisait.

— Ce que je vous accorderai dépendra de la valeur de l'information que vous me rapportez.

— Je peux déjà vous confirmer, commença le courrier, que l'inventeur du déformateur-annulateur temporel, Guerinos de Lapal, a réellement effectué une expérience chronoclaste avec des membres de la Défense Solaire. Le Conseiller Spirituel n'est plus en vie, c'est pourquoi j'ai dû reconstituer les événements à partir de données fragmentaires.

— Un instant ! s'écria le Supermutant de sa voix perçante. Qu'un voyage à travers le temps ait eu lieu, je le sais déjà depuis des siècles !

Il fouilla dans un tiroir sous sa console de contrôle et en retira une arme de poing presque trop lourde pour ses doigts frêles. Il la souleva péniblement puis la laissa tomber sur son pupitre.

— Voilà ! Vous l'ignoriez jusqu'ici, Shungten. C'est un narco-radiant que ma mère a trouvé en 2909, quand un Terranien a tenté de l'abattre et d'empêcher ma naissance. Cet agent était trop faible pour cette mission, sinon je ne serais pas là. Or, ce pistolet n'est pas un produit de la technologie du XXXe siècle, car la fabrication de série de cette version ultramoderne n'a été lancée que très récemment. Il constitue donc bien la preuve de l'expérience. Ce qui me préoccupe désormais, c'est de savoir quand elle a eu lieu, ou plutôt en quelle année elle a été initiée.

L'agent trembla en son for intérieur, car son propre destin dépendrait de la réponse à cette question.

— De ce qui a pu être reconstitué des événements de l'année passée, j'ai appris de plusieurs sources que Perry Rhodan s'était lui-même impliqué dans l'affaire en question. Il semble que le but exclusif de cette expédition ait été d'intervenir dans la Crise de la Seconde Genèse. Vingt-huit tonnes d'howalgonium ont été fournies aux Scientifiques en contrepartie de leur coopération. Or, personne d'autre que feu l'Empire de Sol ne dispose d'aussi colossales réserves !

— C'est exact ! triompha Ribald Corello, soulagé. Et si Rhodan a participé l'an dernier à une expérience chronoclaste, il ne peut pas être mort en 3430 !

La conclusion coulait de source : 2909 avait bien vu la visite de voyageurs temporels décidés à effacer l'existence du Supermutant mais aucun paradoxe n'avait été généré hormis, si on l'admettait comme tel, l'abandon du pistolet que sa mère lui avait légué parmi tant d'autres choses.

Le danger est conjuré, pensa-t-il. *Si le Stellarque est toujours en vie, ce n'est pas par la grâce d'une boucle temporelle encore ouverte qui risquerait à tout instant de me supprimer avant ma naissance !*

— C'est bon, Shungten, conclut-il. Je suis satisfait. (Il ricana.) Demandez à Arne Mitzum de vous créditer de cinq cent mille solars à la banque centrale de Galaner. Retournez sur Copernic, gardez-y les yeux et les oreilles grands ouverts. Je vous donnerai de mes nouvelles.

Le Scientifique s'inclina respectueusement.

— Merci pour votre bonté, Tapur. Adieu !

Il se retira en enchaînant les révérences.

— Perry Rhodan est toujours en vie... murmura le monstre. Je m'en doutais ! J'ai bien fait de laisser Harkh Tonos s'enfuir. Tu dois avoir reçu ses appels au secours, puissant Terranien ! Tu ne pressens pas à quel point je te connais, bien que je ne t'aie jamais croisé. Vu ton intelligence, tu comprendras vite que je suis ton plus mortel ennemi. Mais cela ne te servira à rien. Approche-toi seulement de Galaner, et mon piège se refermera sur toi !

*
* *

— Ce doit être Drofronta, marmonna Perricone Heublein en examinant le secteur grossissant de l'écran panoramique sur lequel brillait une géante rouge. Ludov, comparez avec les éléments que nous avons trouvés dans le navire de l'Anti !

Le commandant en second de l'*Atlanta* s'entretint aussitôt avec la centrale de détection et fit procéder à l'analyse des écarts. L'enregistreur de vol récupéré sur la corvette était en cela d'une utilité inestimable. En effet, il n'y avait pas deux systèmes stellaires pour posséder les mêmes caractéristiques déterminantes vis-à-vis de la trajectoire de fuite la plus directe pour les quitter ; or, tout astrogateur humain ou positronique devait impérativement intégrer ces facteurs dans ses calculs lorsqu'il s'agissait de préparer une telle manœuvre.

— Tout concorde, Monsieur, déclara-t-il après quelques minutes. C'est bien Drofronta. Mais je crains que d'ici, nous ne puissions pas assister à ce qui se déroule sur la deuxième planète.

Le major éclata de rire. Ses yeux sombres, dans son visage émacié, brillaient d'une ardeur dévorante.

— Nous n'allons pas rester ici non plus, Ludov ! s'exclama-t-il. Nous allons nous poster sur une orbite entre la première et la deuxième planète du système.

Le lieutenant eut un ricanement de satisfaction, pourtant suivi d'une moue sceptique.

— Les ordres nous intiment de demeurer à distance, Monsieur. Par ailleurs, nous devions interroger Tonós sur les facultés psi de Ribald Corello et adapter notre conduite en fonction de ses dires. Or, ce n'est plus l'Anti qui nous révélera de quelles forces dispose le mutant… dont on raconte qu'il serait le plus puissant qui ait jamais existé.

Perricone Heublein balaya ces objections d'un nonchalant revers de la main.

— On raconte beaucoup de choses, Ludov. Même le plus fort ne peut pas faire de miracles. Je ne puis imaginer qu'il arrive à nous épier, par voie parapsychique, à plusieurs millions de kilomètres. En outre, nous avons pour directive d'observer les événements en cours sur Galaner. Comment y parvenir sans nous en approcher ?

Il coiffa sa résille T.R.E.S. et, d'une série d'impulsions, guida l'*Atlanta* entre les orbites des mondes numéro trois et quatre, cap sur l'étoile tutélaire. Il renonça à dresser l'écran protecteur pour éviter au navire d'apparaître sur les dispositifs de repérage des Antis.

Le croiseur léger se déplaçait à quarante-cinq pour cent de la vitesse luminique lorsqu'Heublein arrêta les blocs-propulsion. Courant sur son erre, l'*Atlanta* passa au large de la troisième planète, coupa la trajectoire de la seconde – alors située en opposition par rapport à

Drofronta – puis, après une brève phase de freinage, se mit à dériver entre celle-ci et la première.

C'était une manœuvre telle qu'en avaient souvent effectuées avec succès les nefs de tous les peuples galactiques en des circonstances similaires. Comparé à la moyenne des corps célestes naturels, un vaisseau comme l'*Atlanta* représentait un objet trop minuscule pour être aussitôt repéré. En théorie, les faisceaux de poursuite des stations planétaires ou des navires de patrouille finiraient par l'accrocher, c'était juste une question de probabilités. En pratique, avant qu'un train d'impulsions localisatrices ne l'intercepte dans l'immensité de l'espace, le croiseur léger pouvait espérer passer inaperçu pendant cent soixante heures. Tel était le laps de temps, estimé par calcul, dans le cas de petits systèmes planétaires peu équipés sur le plan défensif.

Mais qui ne tenait compte ni de l'intellect de Ribald Corello ni, avant tout, du fait que le monstre avait prévu l'arrivée d'un navire d'observation terranien… !

Quand la détection passive de l'*Atlanta* découvrit la petite sphère noire et donna l'alerte, il était déjà trop tard.

Heublein paniqua lorsque son second poussa un cri sans raison apparente et se prit la tête entre les mains. Simultanément, le major ressentit également une pression inquiétante à l'intérieur de son crâne.

Il appela la centrale de détection et ordonna de relancer le repérage actif, même si cela pouvait trahir leur présence. Mais personne ne réagit à son injonction. Seuls les automatismes continuaient à exécuter leur tâche.

C'est alors que l'alarme retentit.

Gêné par de terribles maux de tête, Perricone y

voyait à peine. Quelque chose d'horrible tentait de briser sa volonté.

Il essayait de reprendre ses esprits quand un objet surgit du néant derrière lui et tomba sur le sol de la centrale. Sa main droite se tendit vers la touche d'activation de l'écran S.H., mais même s'il avait réussi, c'eût été trop tard. La bombe psi transférée à bord du croiseur léger par Ribald Corello, grâce à ses dons de télématérialisation, rayonna aussitôt de puissantes parafréquences hypnosuggestives.

Le major eut un faible sourire en remarquant que sa main droite oscillait toujours au-dessus du commutateur.

Qu'avait-il voulu faire ?

Il interrompit son geste.

Tout était en ordre. Le Tapur était venu pour leur permettre de le servir. Il ne pouvait rien y avoir de plus beau.

L'officier se leva et s'avança vers son second qui, totalement déconcerté lui aussi, fixait l'objet au milieu de la centrale. Heublein ignorait lui aussi – mais cela ne le troublait pas le moins du monde – que cette enveloppe sphérique était une émo-bombe, l'une des mystérieuses armes du Supermutant, et qu'elle renfermait les microgénérateurs nécessaires à la production d'énergie hyperdimensionnelle à la source des ondes asservissantes.

Il secoua Wayre Ludov par l'épaule.

— Ne restez pas là à ne rien faire ! le rabroua-t-il. Nous devons atterrir sur Galaner. J'ai besoin de vos calculs de trajectoire !

Le lieutenant releva la tête et rumina en scrutant son supérieur. Il avait l'air distrait.

— Atterrir sur Galaner, murmura-t-il. Oui, nous devons le faire. Mais je me souviens que… Qui donc a ordonné que nous… ?

— Qui, au fait... ? répéta Heublein puis, soudain, son visage s'illumina. Nous devons obéir à la directive du Tapur ! L'*Atlanta* doit se poser entre Garsinath et la ville profane.

— Évidemment ! s'exclama Wayre Ludov. Figurez-vous, Monsieur, que je l'avais complètement oublié.

— Incroyable... chuchota le major.

Il se souvint vaguement que la centrale de détection n'avait pas réagi à son appel et décida de réprimander le responsable qui, lui, annonça ne jamais avoir reçu cette communication et dont les protestations ne ressemblèrent qu'à une tentative maladroite de justification.

Entre-temps, le lieutenant avait achevé les corrections de cap. Ce qui, d'ailleurs, n'avait pas été difficile puisque la planète s'affichait sur l'agrandissement de la zone-cible et qu'il en possédait déjà les coordonnées, sans savoir d'où il les tenait.

Il existait cependant quelqu'un sur le croiseur léger – enfin, si l'on pouvait désigner par « quelqu'un » une chose nantie de l'équivalent d'une conscience humaine – qui était totalement immunisé face aux impulsions hypnosuggestives, quelle que soit leur puissance. Cette chose disposait d'un remarquable détecteur et analyseur de fréquences individuelles, avec un pouvoir de résolution discriminante lui conférant la capacité de vérifier en même temps les schémas mentaux de deux cents personnes en les comparant à ceux enregistrés dans ses banques mémorielles. Or, elle venait de constater qu'aucun des cent cinquante diagrammes instantanés des membres d'équipage de l'*Atlanta* n'était identique aux ondes encéphaliques de référence. Son secteur logique en conclut que les gens du vaisseau avaient été subrepticement échangés. Par conséquent, des étrangers se trouvaient à bord et, avec une très grande probabilité, il s'agissait d'ennemis de l'Humanité. Problème, le matériel secret et les armes d'un navire terranien ne devaient jamais tomber entre les mains de personnes non autorisées.

Heublein n'écouta que d'une oreille distraite lorsqu'une voix aux intonations métalliques résonna brusquement. Toutefois, il marqua un temps d'hésitation.

— Ici la positronique de sécurité : aux éventuels survivants du croiseur léger *Atlanta*, le vaisseau a été envahi par des ennemis. Attention, déclenchement du dispositif de destruction des installations sensibles. Évacuation immédiate ! Je répète : évacuation immédiate !

— Eh ! Qu'est-ce que c'est ? demanda Ludov, incrédule. Le cerveau P doit avoir disjoncté ! C'est quoi, ces forces hostiles ! Aurait-il découvert des étrangers à bord, Monsieur ?

Le major secoua la tête.

— Probablement un court-circuit… (La réception d'un ordre hypnosuggestif l'interrompit.) Parfaitement, Tapur, confirma-t-il, je coupe le système de sécurité.

Sans penser aux conséquences, il pressa la touche adéquate. Pourtant, une information enfouie dans un secteur inhibé de sa mémoire lui indiquait que la positronique n'admettrait la tentative de désactivation que si elle estimait normale la situation à bord. Dans le cas contraire, elle établirait que des effectifs ennemis voulaient s'approprier les équipements secrets, et le système de destruction totale s'enclencherait spontanément.

Heublein était incapable d'exploiter cette donnée, mais elle était tellement ancrée dans son subconscient que Ribald Corello la capta avec précision. Le Supermutant réagit aussitôt. Il ne pouvait pas se passer du commandant, détenteur éventuel de renseigements importants. Il choisit également, au hasard et par sécurité, les deux autres Terraniens dont il avait besoin.

Le major se retrouva soudainement dans le hangar des chaloupes de sauvetage, sans savoir comment il y était arrivé, mais sans y prêter attention. Il grimpa à la hâte avec le lieutenant Ludov et le docteur Melodim Granner dans l'un des petits canots, se jeta dans le fauteuil du pilote et actionna les commandes d'urgence.

L'écoutille ventrale de l'engin et le vantail intérieur du sas du hangar se refermèrent avec fracas. Le panneau extérieur se démasqua ensuite et la chaloupe se précipita dans le vide en accélérant au maximum.

Il mit le cap sur Galaner tandis que, derrière lui, le croiseur léger se volatilisait dans une explosion nucléaire.

*
* *

Perricone Heublein examina la date affichée sur le pupitre.

Elle indiquait le 14 janvier 3433, 12 h 53 mn 11 s. Tous les appareils de ce type étaient synchronisés sur le temps terrestre. Personne n'en était perturbé, même en ayant été informé de la disparition du Système Solaire.

Le major ne semblait pas se formaliser du fait qu'il était l'heure de déjeuner, alors que la nuit venait de tomber pour lui.

Peu de temps après que la chaloupe eut touché le sol, une petite sphère descendit du ciel en planant et se posa à proximité. L'officier et ses compagnons n'avaient pas conscience de ce qui était arrivé à l'*Atlanta* et à son équipage. Ils étaient totalement sous l'influence de Ribald Corello mais ils percevaient pourtant parfaitement l'environnement de l'aire d'atterrissage. Ils discernaient un mur derrière lequel se dressait une forêt de sinistres pyramides dont seuls les sommets réfléchissaient les dernières lueurs rouge sang du soleil disparu à l'horizon. Ils se rappelèrent que c'étaient les Antis qui construisaient leurs villes-sanctuaires dans ce style d'architecture, sans être à même de mesurer pleinement la portée de cette donnée. Ils acceptaient tout comme allant de soi.

— Où ai-je mis mes cigares ? murmura distraitement Melodim Granner.

Il fouilla ses poches un moment avant d'abandonner, résigné.

Pendant ce temps, des impulsions parapsychiques pénétraient sans cesse les cerveaux des trois hommes, exploraient leurs centres mémoriels et examinaient le bloc hypnosuggestif implanté en chacun d'eux. Ils ne ressentaient rien, excepté qu'ils étaient rarement capables de formuler une idée claire ou de maîtriser le cours de leurs pensées. L'irréel leur apparaissait comme la normalité.

Le major se leva, hésitant.

— J'y vais ! dit-il tout simplement à ses compagnons en montrant la sphère noire sur laquelle les ombres nocturnes glissaient progressivement, effaçant pour de bon le reflet rouge sang.

— Peut-être pourrez-vous me ramener quelques cigares, murmura le docteur. Si possible de la marque « Black Lady » !

— Je demanderai, affirma Heublein en quittant la cabine de pilotage.

Il descendit par le puits antigrav puis passa entre les étançons déployés et se dirigea vers la clarté qui jaillissait du sas inférieur du vaisseau sombre.

Comme il le pressentait, personne ne l'accueillit.

Bien que le modèle lui fût étranger, il s'orienta à l'intérieur du navire avec la sûreté d'un somnambule. Il ne prêta pas attention aux hommes et femmes de la centrale qui l'observaient d'un air stupide.

La dernière porte s'ouvrit face à lui : il était dans la cabine de Ribald Corello !

— Approchez-vous, major ! retentit une voix perçante.

Heublein posa les yeux sur le sarcophage et il sut aussitôt, comme par enchantement, de quoi il s'agissait.

Seul le tiers supérieur de la Châsse était visible ; le reste était enfoncé dans le plancher afin que le visiteur puisse regarder à travers la partie transparente.

La vue du monstre lui causa un choc et, pendant quelques secondes, une fraction de sa conscience se libéra de l'influence hypnosuggestive.

— Non… ! gémit l'officier.

Les contours du crâne géant sillonné de veines bleuâtres de la grosseur d'un pouce s'estompèrent devant ses yeux. Il remarqua le petit visage d'enfant, et la folie qui brûlait dans les insondables prunelles vert clair…

De prodigieuses ondes suggestives déferlèrent dans son cerveau, le submergèrent et bouleversèrent peu à peu les dernières traces de ses capacités d'évaluation raisonnée. Le major discernait la morphologie monstrueuse du mutant mais n'était plus en mesure de la percevoir comme telle.

Un flot de questions l'assaillit brusquement. Il répondit sans pouvoir ni même désirer appréhender la portée de cette « trahison ». Le Tapur exigeait beaucoup de lui, davantage qu'il ne pouvait en révéler. En particulier sur Perry Rhodan. L'officier déclara que selon lui le Stellarque vivait encore, mais sans avancer de preuve pour confirmer ses dires.

L'interrogatoire passa à la vitesse supérieure.

Lorsque le Supermutant le libéra, le major, épuisé par l'épreuve, chancela à travers la cabine. Sans les impulsions hypnosuggestives de Corello, il n'aurait eu ni la force de quitter le vaisseau, ni la faculté de s'orienter une fois à terre. Il retourna à la chaloupe, chercha un recoin isolé, se jeta sur une couchette et s'endormit en quelques secondes.

*
* *

Ribald Corello n'était pas du tout satisfait. Il ordonna aux deux compagnons d'Heublein de venir et leur rendit une étincelle de lucidité pour quelques minutes. Leur frayeur, leurs gémissements et l'horreur lue dans leurs yeux lui procurèrent un plaisir certain.

Il sonda leurs connaissances et eut un accès de fureur en constatant qu'ils en savaient encore moins que le major. Il leur enjoignit alors de s'affronter, juste pour passer sa colère.

Un rictus paternel sur les lèvres, il regarda Wayre Ludov rouer de coups le médecin-chef de l'*Atlanta*. Stimulé par le mutant, ce dernier luttait pourtant sauvagement mais, formé pour un devoir avant tout humanitaire, il n'était pas de taille face à l'officier en second, rompu aux combats de toutes sortes.

Lorsque Granner ne fut plus en état de lever un bras pour se protéger et parut sur le point de s'évanouir, le monstre prit le contrôle de son corps. Le praticien se transforma aussitôt en un robot de chair. Les coups du lieutenant n'eurent soudain plus d'effet ; en revanche, il eut à encaisser plusieurs crochets impeccablement portés.

Ribald Corello s'interrompit quand Wayre Ludov s'effondra sur le sol. Le médecin, libéré de l'emprise mentale, le suivit deux secondes plus tard.

Le Supermutant appela ensuite le commandant de son navire.

— Il y a dans ma cabine deux sauvages qui se sont à demi entre-tués, dit-il avec une méchanceté narquoise. Faites-les jeter hors du vaisseau !

Une fois les deux Terraniens expulsés, il se mit à réfléchir intensément. Il avait appris d'Heublein qu'une escadre sous les ordres d'Atlan était en approche du système de Drofronta. Il était convaincu que le Stellarque était lui aussi du voyage, certainement dissimulé sous un masque ou bien dans une cachette à toute épreuve.

— Je dois inventer quelque chose de spécial pour toi, Perry Rhodan ! chuchota-t-il. Après tout, tu n'as rien d'un homme ordinaire.

Ses palpes parapsychiques se déployèrent telles les pattes d'une araignée invisible, tâtonnèrent dans tous les recoins de la chaloupe de l'*Atlanta* et s'emparèrent de l'esprit d'Heublein. Le monstre se délecta durant plusieurs secondes du cauchemar qui agitait le subconscient extrêmement perturbé du major, puis les tentacules immatériels déchirèrent le réseau onirique engendré par les champs de tension nerveuse.

Dans sa cabine, l'officier se tordit en tous sens et hurla comme si quelqu'un lui avait enfoncé un fer incandescent dans la poitrine.

Ribald Corello jugula le feu de la peur et de l'horreur qui, sinon, aurait consumé le cerveau de Perricone. Le prisonnier se calma puis reçut l'ordre de se rendre à nouveau dans les quartiers spéciaux du Puissant.

Ce dernier accompagna chaque pas du commandant,

le guidant si nécessaire et l'empêchant de se perdre dans la noirceur de la nuit.

Viens, mon ami ! Viens, le souverain de la Galaxie t'attend !

Le major s'avança comme une marionnette vers le sarcophage et s'arrêta juste en face. Ses yeux étaient dirigés sur le mutant, mais ils ne le voyaient pas.

Le monstre considéra une fois de plus tous les tenants et aboutissants de son plan. Il devrait prendre un risque s'il voulait que rien ne paraisse suspect. Mais le jeu en valait la chandelle ! Il posa son regard cruel sur sa victime.

— Un pas en arrière, mon ami ! chuchota-t-il. Bien ! Encore un ! Halte !

Heublein s'immobilisa, totalement subjugué.

Corello s'adossa contre le rembourrage de son fauteuil-contour. La folie dansait toujours dans ses yeux. Les grosses veines courant sous la peau brun rouge de son crâne se mirent à enfler, sa poitrine à se soulever et s'abaisser avec vigueur. L'activateur cellulaire augmenta le rythme de ses pulsations. L'équipage sous la férule psychique s'effondra, comme sans vie, dans chacune des salles du vaisseau noir. Une fois de plus, leur maître déployait ses moyens phénoménaux.

Brusquement, une chose irréelle, sombre et sphérique, surgit et flotta en l'air à l'endroit où s'était tenu le major. Elle se contractait, s'étirait et virevoltait comme si elle voulait se libérer de liens invisibles. Elle prenait par instants une couleur grise puis laissait entrevoir une forme pourvue de multiples appendices, mi-matérielle, mi-énergétique, et se muait à nouveau en une ombre vague, peut-être même une simple rémanence sensorielle.

Le Supermutant renforça sa concentration. Tout le trafic hypercom s'interrompit dans le système de

Drofronta. Un cargo des Marchands Galactiques, qui venait sur Galaner pour embarquer une cargaison de machines, fut arraché à la zone de libration et plongea dans la couronne solaire car tous ses équipements opérant sur la base des hyperondes furent court-circuités. Le patriarche du clan aurait du mal à ramener la nef cylindrique dans l'espace libre.

Le monstre était assis dans la Châsse, immobile, sans prononcer un mot. Ses yeux immenses étaient grands ouverts, ses veines du cou se dilataient pour désenfler aussitôt. Son cœur battait à tout rompre pour subvenir à l'énorme besoin en oxygène du cerveau surdéveloppé.

Dans la cabine, la forme irréelle sembla instantanément s'immobiliser, se densifier et se figer en une bille noire aux reflets d'acier, une sphère de néant absolu, négation de toute existence.

À l'extérieur du vaisseau, un éclair rouge sabra la voûte céleste.

Perricone Heublein tomba de toute sa hauteur puis resta allongé sur le sol, dans une posture insolite.

*
* *

Le major se réveilla au moment où une forte secousse ébranlait le vaisseau de Corello. Il ouvrit les yeux, mais il était encore trop faible pour distinguer quoi que ce fût. Les voiles d'ombre résultant de sa profonde perte de conscience refluèrent progressivement.

Tentant de se relever, l'officier ne parvint qu'à se rétablir sur les genoux avant d'éprouver une sensation de vertige et de s'affaler derechef sur le sol. Il lutta contre la nausée pendant plusieurs minutes.

Un nouveau tremblement lui fit comprendre qu'il devait absolument faire quelque chose. Il n'avait aucune idée de ce qui lui était arrivé, mais laisser passivement les événements se produire n'était pas dans sa mentalité.

Son premier regard fut pour son chronographe de poignet. Il constata qu'on était toujours le 14 janvier 3433, treize minutes avant minuit. Il se souvint vaguement avoir jeté un œil sur l'affichage avant que cet énigmatique inconnu s'empare de lui. Il avait dû rester évanoui environ une demi-heure.

Alors, qu'était-il arrivé durant ce laps de temps… ?

Heublein fouilla en vain dans sa mémoire. Il avait l'impression confuse d'avoir emprunté un transmetteur. Mais ce ne pouvait être le cas, puisqu'il n'avait pas changé de place.

Il réussit à se redresser une fois encore, bien que le vertige le reprenne et que la nausée menace de lui retourner l'estomac. Avec la démarche incertaine d'un ivrogne, il s'avança en tâtonnant vers le sarcophage illuminé.

Le monstre était là, une créature gémissante et tremblante au visage d'enfant déformé par la douleur, la fatigue ou un mélange des deux.

Étonné, le major réalisa que le Supermutant n'avait plus de pouvoir sur lui. Il était libre, pouvait penser et faire ce qu'il voulait, il n'avait plus à obéir à la contrainte impitoyable d'un esprit effrayant.

Il se demanda, sans trouver de réponse, si la faiblesse apparente de Ribald Corello avait un rapport avec ce que ce dernier lui avait fait subir précédemment.

Le sort de l'*Atlanta* et de son équipage se rappela à son souvenir. La positronique de sécurité les avaient considérés comme des étrangers, ou plutôt des ennemis qui avaient conquis le croiseur léger. Les fréquences individuelles de leurs cerveaux semblaient avoir été métamorphosées par l'attaque parapsychique du monstre.

La colère s'empara du major. Il frappa des deux poings sur le sarcophage pour tenter d'atteindre Corello et venger la mort de ses hommes mais la troplonite transparente, plus solide que la terkonite, résista à ses coups. Hélas, Heublein ne possédait pas d'arme. Avec une rage impuissante, il ne put qu'observer sur le visage du mutant une grimace qui ressemblait à un sourire moqueur. Mais ce devait être une illusion, car Corello s'était manifestement dépensé au-delà de ses limites.

L'officier se rappela alors ses deux compagnons. Il s'écarta de la Châsse et sortit de la cabine. Il tituba sous l'effet d'une nouvelle secousse qui ébranla le vaisseau. Les sensations de perte d'équilibre et de nausée resurgirent ; comme il avait entre-temps recouvré quelques forces, il surmonta cependant sans peine son haut-le-cœur.

Derrière la porte, une scène tumultueuse s'offrit à lui. Plusieurs jeunes hommes portant la pèlerine des aspirants-prêtres de Bâalol étaient aux prises avec l'équipage du navire noir. Ils utilisaient uniquement leurs poings. Étrangement, les auxiliaires du Supermutant se défendaient avec difficulté et, par ailleurs, semblaient ne pas savoir ce qu'ils devaient protéger.

L'un des officiants aperçut le Terranien et poussa un cri. Ses comparses se précipitèrent aussitôt sur Heublein et l'assaillirent de paroles, si bien qu'il fut incapable de comprendre autre chose que les mots « mouvement clandestin », « résistance » et « libération » qui furent plusieurs fois répétés.

Les Antis lui tapèrent sur l'épaule avec de grands rires et le poussèrent dans le puits antigrav. Le major réalisa qu'ils voulaient le délivrer et n'y vit aucune objection.

Lorsqu'il déboucha sous le ventre du vaisseau noir,

il remarqua ses deux compagnons, le docteur Granner et le lieutenant Ludov, qui s'avançaient vers lui en titubant. Leur visage blême aux yeux caves ressemblait à un maquillage de théâtre. Seul le feu qui brillait dans leur regard paraissait donner vie à leur corps.

Un prêtre qui portait un bandeau blanc se dirigea vers les trois Terraniens.

— Vous devez fuir, et vite ! déclara-t-il en intergalacte. Nous ne savons pas pendant quelle durée notre groupe pourra résister. Les Anciens ne veulent pas que nous vous libérions. On dirait qu'ils espèrent la grâce du monstre, bien qu'il les ait soumis il y a très peu de temps.

Perricone Heublein était déconcerté. Il sentait que son cerveau n'était pas totalement redevenu opérationnel. Ses pensées lui échappaient continuellement ; il en avait à peine mené une à son terme que de nouvelles accouraient au galop.

— Corello… articula-t-il péniblement, … le mutant n'a donc plus d'emprise sur vous… ?

— Non, répondit le jeune homme, ni sur personne d'autre, d'ailleurs. C'est inexplicable, mais il nous a donné l'occasion de passer à l'action. Vous devez fuir, vous entendez ? Rapportez à la Galaxie ce qui se joue sur Galaner. Il faut qu'on nous aide !

Il fut brusquement touché à l'épaule par un faisceau aveuglant et chancela avant d'être promptement rattrapé par ses camarades.

Le major examina les alentours.

Quelques centaines de prêtres arrivaient à la course depuis le mur d'enceinte. Des éclairs fulgurèrent parmi les premiers, et un autre insurgé s'effondra sur le sol.

— Venez ! cria l'officier à ses deux compagnons. Nous devons partir. C'est notre dernière chance !

Melodim Granner acquiesça, mais Wayre Ludov

était absorbé par le déferlement d'antimutants qui se dirigeaient sur eux. Heublein le ramena à la raison d'un coup de coude qui le propulsa en direction de la chaloupe. L'appareil n'était pas très éloigné, mais néanmoins trop au goût des fuyards qui devaient échapper aux radiants déchaînés derrière eux.

Le docteur s'affaissa au bout de quelques pas seulement et le lieutenant, blessé, chancela sur une dizaine de mètres de plus. Le major agrippa le médecin sous les aisselles et le tira progressivement jusqu'à l'engin spatial. Des cris aigus résonnaient dans leur dos. Les jeunes Antis s'étaient mis à répliquer aux tirs des Anciens, mais ils étaient trop peu nombreux. L'issue de la bataille était désormais certaine.

Impuissant face à cet état de fait, Heublein grinça des dents de colère. Ces gens n'avaient aucune expérience du combat, un homme aguerri muni d'un seul radiant aurait suffi pour repousser l'assaut ! Hélas, soit son arme de poing était restée sur l'*Atlanta*, soit on l'en avait délesté.

Wayre Ludov avait entre-temps atteint le sas polaire inférieur. Comme le champ de force n'était pas activé, il tenta de grimper, mais ses doigts affaiblis refusèrent tout effort.

Plusieurs traits énergétiques frappèrent brusquement le sol entre les Terraniens. Quelques impacts endommagèrent le revêtement extérieur de la chaloupe. Le major poussa un juron lorsque Granner s'effondra à côté de lui. Il le hissa sur ses épaules dans un dernier sursaut et l'emporta en titubant.

Le lieutenant était toujours cramponné au rebord de la rampe. Heublein remarqua qu'il était mort, la poitrine transpercée par deux tirs radiants.

Serrant les mâchoires, il continua avec son fardeau inerte jusque dans la chambre du sas où il le déposa.

Saisi par l'horreur, Perricone resta bouche bée en voyant le corps du médecin se mettre à rouler en arrière. Granner n'avait plus de tête. Un faisceau énergétique avait probablement décapité le malheureux avant qu'il ne le prenne sur son dos, et il ne s'était aperçu de rien.

Oubliant les rafales qui fusaient tout autour de lui, il ne put s'empêcher de vomir. Épuisé par ses récents efforts, il se sentit baigné d'une sueur froide. Même s'il ne pouvait plus rien faire pour eux, il tenta d'emmener ses compagnons avec lui mais il n'en avait plus la force. En outre, le secteur devenait de plus en plus dangereux. Un faisceau le toucha à la cuisse gauche, lui causant une souffrance terrible.

Après deux essais infructueux, Heublein réussit à se traîner à l'abri dans le sas où il trouva machinalement le mécanisme de verrouillage. Le vantail extérieur coulissa. Les sifflements et les crépitements, au-dehors, indiquaient que les Antis concentraient à présent leur feu sur la chaloupe.

Le major rejoignit la cabine de pilotage sans trop savoir par quel miracle il y était arrivé. Au bord de la syncope, il s'affala dans le fauteuil-contour. De longues années d'entraînement l'avaient habitué à effectuer sans réfléchir les opérations nécessaires à l'appareillage. Très bientôt, les blocs-propulsion hurlèrent puis la chaloupe s'éleva de plus en plus rapidement… et Perricone Heublein perdit conscience.

CHAPITRE V

Ribald Corello était toujours immobile dans son sarcophage. Sur sa poitrine, l'activateur cellulaire battait plus fort que d'habitude, assurant la régénération de l'organisme épuisé par une performance parapsychique exceptionnelle. Des bras manipulateurs s'étaient abaissés sur le torse découvert du mutant, avaient plongé leurs aiguilles dans la chair et injectaient sans cesse des solutions nutritives très concentrées dans la circulation sanguine.

Au bout d'un certain temps, la vie revint sur les traits du monstre. Sur son buste rachitique, ses petites mains tripotèrent la chaîne de l'activateur. Des pinces spéciales, placées de part et d'autre du nombril, maintenaient fermement en position l'objet de la taille d'un œuf.

Corello patienta jusqu'à ce que son intellect ait recouvré une totale lucidité. Puis ses tentacules mentaux sondèrent l'environnement. La population locale se comportait de façon passive. Quelques conflits opposaient toutefois encore des prêtres de Bâalol, comme il l'avait espéré. Trois prisonniers avaient été libérés par le mouvement de résistance, mais seul Perricone Heublein avait pu s'échapper à bord de la chaloupe de l'*Atlanta*.

Le monstre sourit.

L'unique point faible dans son plan, même s'il avait peaufiné sa stratégie avec une maniaquerie maladive, avait été que l'officier puisse être tué par erreur. En revanche, le sort des deux autres Terraniens ne l'intéressait nullement. Ces comparses sans importance avaient tout juste été bons pour la figuration.

Ribald Corello n'eut besoin que de quelques minutes pour reprendre sous sa coupe l'ensemble des zélateurs de Bâalol. De toute façon, les plus âgés d'entre eux n'avaient pu échapper complètement à son influence hypnosuggestive.

Le mutant dicta à Linsner-Kiess comment il devait se comporter à l'avenir, puis il ordonna aux équipages de ses vaisseaux de se diriger vers un point déterminé, en périphérie du système de Drofronta.

Les quatre nefs sphériques décollèrent et s'enfoncèrent peu après dans l'espace.

*
* *

D'un air détaché, le colonel Elas Korom-Khan baissa les yeux pour fixer tranquillement le Stellarque sur l'écran de l'intercom.

— À quarante-trois années-lumière devant nous se trouve un soleil rouge qui correspond à la description de Drofronta, déclara-t-il calmement. Dois-je m'en approcher par une manœuvre linéaire ?

Perry Rhodan pivota et interrogea du regard Atlan qui venait de s'entretenir avec L'Émir et Ras Tschubaï.

Le Lord-Amiral hocha la tête :

— Je vais appeler les commandants des autres navires pour les avertir.

Korom-Khan eut un sourire tiède, ses yeux inquisiteurs toujours dirigés sur le Stellarque.

— Il n'y a pas de problème, colonel, déclara celui-ci.

D'ici là, faites calculer les paramètres pour la transition linéaire.

L'officier confirma puis coupa la liaison.

— Je te suis, dit Rhodan à Atlan. Pourvu que Corello n'ait pas à nouveau disparu !

L'Arkonide fronça les sourcils.

— Qu'il soit ou non sur Galaner, je crains que nous ne soyons plus en mesure d'aider les Antis. Le Supermutant sait préserver ce qu'il a conquis !

— Même lui ne pourra rien opposer à nos deux cents vaisseaux de combat ! lança Tschubaï.

Le Lord-Amiral sourit.

— Vous oubliez un point, Ras. Le système de Drofronta et la planète Galaner appartiennent à l'empire stellaire des idolâtres de Bâalol. Si nous voulons intervenir, nous avons besoin de l'autorisation d'un de leurs Grands Prêtres. Sans elle, nous nous mettrions dans notre tort et nous rendrions coupables d'ingérence dans des affaires étrangères.

— Pourtant, ils devraient être contents que nous les débarrassions de ce monstre ! s'indigna le mulot-castor.

— Nous verrons, répliqua Atlan, éludant la remarque.

Les trois hommes et L'Émir quittèrent la cabine pour se diriger vers le vaste poste de commandement de l'*Intersolaire*. Les deux cents croiseurs lourds de l'escadre, qui s'étaient rassemblés à la hâte, étaient maintenant visibles sur les écrans de retransmission de la détection. À l'instar du navire amiral, ils fonçaient vers le soleil rouge qui avait été désigné comme objectif.

Le Stellarque se remémora à quel point la navigation sur la frange extérieure du Centre de la Voie Lactée se révélait pénible, à présent comme déjà autrefois. Trouver un astre dont on ne connaissait, en dehors de son nom, que la distance approximative vis-à-vis de la position galactique de Sol, avait exigé des hommes et des appareils le meilleur d'eux-mêmes. Des jours durant, l'escadre avait sillonné la zone considérée comme la plus probable, encombrée par des nuages denses de gaz interstellaires, des hyper-rayonnements parasites et par la nécessité d'approcher furtivement Drofronta afin de ne pas alerter l'ennemi.

Atlan se dirigea vers l'intercom et s'entretint avec les commandants des deux cents unités. Rhodan se tenait à l'arrière-plan car il ne souhaitait pas être vu.

Au bout d'un certain temps, il se considéra même carrément inutile et se rendit au centralcom où l'accueillit Donald Freyer, l'air grave :

— Jusqu'ici, l'*Atlanta* n'a répondu à aucune de nos impulsions de reconnaissance, Monsieur. J'espère que le major Heublein n'a pas commis d'imprudence…

Le Stellarque soutint son regard.

— Sans doute ne peut-il émettre de l'endroit où il se trouve sous peine d'être repéré. Il existe toutes sortes de raisons plausibles à son silence.

Et une autre à laquelle je refuse de penser ! songea brusquement Rhodan. *Peut-être ai-je commis une erreur en expédiant dans l'entourage de Corello un commandant aussi jeune… Même si le prêtre de Bâalol en fuite a dû le mettre en garde contre les extraordinaires facultés du mutant !*

— *Et si celles-ci avaient précisément empêché Heublein de le faire ?* chuchota une voix dans le cerveau du Stellarque.

Surpris, il haussa les sourcils. Ce qu'avançait là Whisper, le symbiote de Khusal, ouvrait des perspectives tout à fait nouvelles.

— *C'est bien ça !* indiqua en réponse la créature.

Le tissu transparent et vaporeux s'étalait sur les

épaules et le dos de Rhodan. Le feu iridescent des innombrables neurosenseurs produisait une myriade de scintillements, pareils à l'éclat de milliers de diamants.

— *C'est impossible !* rétorqua Perry.

Car cela aurait signifié que le Supermutant avait laissé l'Anti s'échapper intentionnellement.

Whisper n'y croyait qu'à moitié, mais il était manifestement convaincu que son ami terranien avait pour l'instant suffisamment matière à réflexion.

Et tel était bien le cas.

Le Stellarque salua le major Freyer et revint dans le poste central. Entre-temps, l'*Intersolaire* avait repris sa course. Distants d'une demi-seconde-lumière, deux cents vaisseaux lourds le suivaient en formation de combat, déployés en éventail. Korom-Khan et son adjoint, le lieutenant-colonel Senco Ahrat, trônaient dans leur fauteuil-contour et avaient coiffé leur résille T.R.E.S. argentée. Les deux émo-astronautes pilotaient l'ultracroiseur exclusivement grâce à leurs impulsions mentales. Les unités positroniques de retransmission transformaient celles-ci en ordres précis qui se propageaient à la vitesse de la lumière jusqu'aux installations de contrôle adéquates.

Atlan était assis à la table des cartes avec le mulot-castor et Ras Tschubaï. Il adressa un signe au Stellarque.

— Heublein ne répond toujours pas à nos appels, annonça ce dernier. Je commence à m'inquiéter.

— Il peut y avoir de multiples raisons à cela, rétorqua l'Arkonide, songeur.

Rhodan sourit devant l'argument que lui-même avait opposé à Freyer, mais il recouvra aussitôt son sérieux.

— Whisper pense que notre ami Corello pourrait avoir empêché le major et Harkh Tonos de se rencontrer afin d'éviter que l'Anti ne mette en garde notre agent contre lui, déclara-t-il avec mesure.

— Mais alors, cela voudrait dire que le Supermutant a laissé volontairement le jeune prêtre s'enfuir ? répliqua Atlan, perplexe.

— J'ai abouti à la même conclusion, mon cher. Pourvu que Perricone Heublein ait pris assez de précautions ! Ne le connaissant pas personnellement, j'ai des difficultés à formuler une supposition…

— Moi pas, Perry ! intervint le mulot-castor. J'ai eu le loisir de découvrir ton homme il y a trois ans. Ce n'est pas un mauvais bougre, bien qu'il soit très ambitieux. C'est ça qui le motive et l'a sans doute amené à foncer droit vers Galaner, juste pour faire parler de lui.

La mine de Rhodan s'assombrit.

— Pourvu qu'il ne soit rien arrivé à l'*Atlanta* et à son équipage ! Voilà qu'à présent, je me reproche de l'avoir envoyé en éclaireur !

— Heublein avait été prévenu ! rappela sévèrement l'Arkonide. Tu ne peux pas jouer les bonnes d'enfants pour tout le monde ! Excuse-moi, ajouta-t-il avec un soupir, mais je m'inquiète autant que toi pour le major et ses gens.

Le Stellarque ne broncha pas. Tandis que l'*Intersolaire* et son escadre de combat plongeaient dans la zone de libration et que le disque rouge sang de Drofronta s'encadrait sur l'écran du palpeur de relief, Rhodan hésitait sur le fait d'avoir ou non sous-estimé le Supermutant. De nouveau, il regretta presque le fait que Joak Cascal n'ait pu tuer la génitrice de Ribald Corello lors de son voyage en 2909, empêchant ainsi la naissance du monstre. Cependant, même en sachant pertinemment quels malheurs inimaginables cet acte aurait épargnés à la Galaxie, il se mit à avoir honte de ses pensées. Certes, ce type de solution aurait vraisemblablement permis l'élimination encore à temps des mères potentielles de nombreux criminels et dictateurs, mais il se serait traduit par une longue série de véritables assassinats et fait de son commanditaire un meurtrier à son tour. Assurément, c'était un cercle vicieux dans lequel il ne fallait pas entrer si l'on aspirait à rester humain.

Il ruminait encore lorsque l'ultracroiseur resurgit dans le continuum einsteinien.

La rouge Drofronta s'afficha au centre des écrans de la galerie panoramique.

Puis l'intercom se manifesta :

— Que fait-on, Monsieur ? demanda Korom-Khan.

Atlan et Perry échangèrent un regard, puis le Terranien ordonna :

— Approchez-vous de Galaner, colonel ! Placez-vous en orbite large à un demi-million de kilomètres !

L'officier confirma sur un ton tranquille, comme si pénétrer dans le système s'apparentait pour lui à une promenade.

Le Lord-Amiral se leva.

— Je vais me préparer à appeler le Grand Prêtre de la planète. Peut-être sera-t-il aujourd'hui dans un de ses bons jours…

*
* *

— Ça a l'air paisible, là en bas, annonça le major Ataro Kusumi, responsable de la détection sur l'*Intersolaire*. Un monde de type terrestre, avec une température moyenne légèrement plus haute. De petites villes, parfois séparées par de vastes complexes de production. Je dirais qu'il s'agit d'une des rares planètes où les Antis ont réussi un beau développement industriel.

Si ces gens ne se vouaient pas autant à leur culte idolâtre et n'avaient pas d'ambitions galactopolitiques, ils auraient pu constituer un facteur sensible de progrès.

Perry Rhodan sourit avec indulgence à l'exubérance de l'officier.

— Pouvez-vous déjà repérer la ville-sanctuaire, Kusumi ?

— Elle franchit à l'instant le terminateur, Monsieur, répondit le major, amusé. Par tous les quasars ! Garsinath est une forteresse faite de temples-pyramides ! Euh… En revanche, aucune trace alentour des vaisseaux censés avoir atterri. Un moment, Monsieur !

Le Stellarque attendit patiemment, mais le major ne se manifesta pas. Assurément, il avait découvert quelque chose et essayait de le cerner plus précisément avant de se décider à en aviser son supérieur. Pendant ce temps, Atlan n'avait cessé d'appeler Galaner par hypercom. Soudain, l'écran 3D-vidéo s'éclaira et un visage sombre, ascétique, s'afficha sur un arrière-plan d'unités-relais.

Le Lord-Amiral s'inclina légèrement.

— Ici Atlan. Ai-je l'honneur de parler au Grand Prêtre ?

— Oui, répliqua l'Anti d'un ton bourru. Je suis Balto Linsner-Kiess. Je proteste contre la violation de notre espace par vos vaisseaux de combat. Retirez-vous sur-le-champ !

— Non, pas avant que vous n'ayez répondu à certaines questions ! Où est Ribald Corello ?

— Ribald Corello… ? Qui est-ce ? Il n'y a personne de ce nom parmi mes gens.

Atlan s'empourpra d'une colère contenue.

— Nous avons été suppliés, par un haut dignitaire religieux de votre monde, de libérer celui-ci du joug d'un monstre appelé Ribald Corello. Ce Supermutant incarne un terrible danger pour nous tous ; c'est la raison pour laquelle nous sommes disposés à vous fournir toute l'aide nécessaire contre lui.

Un sourire moqueur naquit sur les lèvres de Balto Linsner-Kiess.

— Nous n'avons nul besoin de votre assistance, laquais des Terraniens ! Je vous lance un ultimatum ! Si vous n'avez pas quitté le système de Drofronta dans la demi-heure qui suit, selon votre décompte du temps, je demanderai l'intervention des trois grandes puissances de la Galaxie en invoquant votre ingérence totalement illégale !

L'Arkonide possédait une maîtrise de lui-même absolument sans faille. Il était tout autant habitué à être traité de « laquais des Terraniens » qu'à ne pas se laisser provoquer. Malgré l'insulte, il était prêt à aider le Grand Prêtre car personne, pas même les zélateurs idolâtres de Bâalol, n'était intrinsèquement mauvais. En onze mille cinq cents ans et plus, il avait toujours constaté que c'étaient les circonstances qui avaient amené les uns ou les autres à se transformer en criminels et que la frontière séparant le bien du mal pouvait se révéler bien ténue, y compris chez les individus psychologiquement stables. Le moindre catalyseur suffisait parfois à faire pencher la balance du mauvais côté.

— Nous sommes tous humains, affirma Atlan avec insistance. Et nous devons nous dresser en bloc contre la cruauté à l'état pur.

— L'ultimatum court, répliqua Linsner-Kiess sur un ton glacial.

— Eh bien, tant pis ! Je ne veux pas faire votre bonheur contre votre gré, lâcha le Lord-Amiral avec un sourire de compassion.

Manifestement, il avait décidé de clore cette conversation stérile ; mais avant qu'il ne puisse ajouter quelque chose, la voix du major Kusumi jaillit des haut-parleurs de l'intercom.

— Détection au commandant ! Les mesures d'un rayonnement se propageant en ondes concentriques depuis un foyer situé à proximité de Galaner attestent l'annihilation, il y a peu de temps, d'une masse matérielle pouvant correspondre à un croiseur léger terranien de la classe des Villes…

Le Grand Prêtre avait dû également entendre l'annonce car il parut devenir nerveux. Son attitude était déjà presque un aveu même si, évidemment, aucun tribunal ne l'aurait reconnue comme telle.

— Je n'ai pas la moindre idée de ce dont vous parlez, Atlan ! s'emporta-t-il. Et ne vous mêlez pas de nos affaires internes !

L'Arkonide le fixa si longtemps du regard que l'autre finit par baisser les yeux.

— S'il est prouvé que vous avez une part de responsabilité là-dedans, Linsner-Kiess, vous aurez un jour à rendre des comptes. Méditez bien ceci : qui pactise avec le diable ira en enfer !

Il coupa brusquement l'hypercom, se leva et pivota vers Rhodan.

— Il s'est produit une ignominie sans nom dans le secteur ! l'interpella-t-il. Nous ne pouvons hélas rien tenter ici sans susciter des complications galactopolitiques !

Le Stellarque n'eut que le courage de hocher la tête en silence. Le fait que Ribald Corello ait décidé de lui livrer une nouvelle bataille l'inquiétait moins que le sort de l'équipage du croiseur. Probablement les hommes n'étaient-ils pas parvenus à résister de quelque manière que ce fût.

— Nous nous retirons, déclara-t-il à voix basse. Mais pas complètement. Peut-être pourrons-nous sauver un rescapé du croiseur léger, ou bien retrouver le vaisseau spatial d'Harkh Tonos…

Il haussa les épaules en remarquant le regard dubitatif d'Atlan.

— Je sais, les chances sont de une pour un milliard, mais nous nous devons d'essayer.

Le Lord-Amiral secoua la tête et s'assit de nouveau devant l'hypercom. Il appela les commandants des deux cents navires de combat de l'escadre par liaison simultanée et leur ordonna de quitter le système de Drofronta.

Aussitôt après, la formation se mit en route, s'écartant de son orbite large autour de Galaner pour se diriger vers l'espace interstellaire.

Quarante minutes plus tard, un canot de sauvetage rapide, du même type que ceux embarqués sur les petites unités terraniennes, fut repéré. Quelques secondes s'écoulèrent avant qu'il ne réagisse au faisceau hypercom focalisé émis par l'*Intersolaire*.

Rhodan et Atlan retinrent leur respiration quand ils aperçurent sur l'écran le visage d'un officier de l'O.M.U. L'homme semblait avoir vécu des instants difficiles, et il parut renaître en reconnaissant son chef suprême.

— Ici le major Heublein, unique survivant de l'*Atlanta* ! Je me réjouis de votre arrivée, Lord-Amiral. Ç'a été une épreuve terrible !

L'Arkonide tourna la tête vers le Stellarque. Tous deux pensaient à la même chose, sans avoir besoin de se le dire. Il semblait illogique que seul le commandant du croiseur léger ait réchappé à la catastrophe. Récemment, Rhodan avait déjà été confronté à une situation similaire dont Ribald Corello s'était révélé l'instigateur. Un Anti camouflé dans une fausse enveloppe corporelle avait usurpé l'identité d'Ivan Ivanovitch Goratchine et réussi à s'infiltrer dans le Système Fantôme juste avant d'être démasqué. Une intuition soufflait au Premier Terranien que le Supermutant ne faisait ici que répéter une tentative du même type, dont Perricone Heublein était tout simplement l'instrument.

Il fit signe à L'Émir et à Tschubaï, puis désigna l'écran hypercom. Atlan saisit sur-le-champ et entraîna le major dans une longue conversation.

— Ce que je vais vous dire à présent ne doit pas être considéré comme un ordre, expliqua Perry Rhodan en *a parte* à l'Ilt et au téléporteur. Je suis convaincu qu'Heublein n'a eu aucune vraie occasion de s'enfuir. Corello aurait pu le supprimer aussi facilement que les autres…

— Pigé, patron ! acquiesça le mulot-castor sur un ton badin. À nous de sauter dans le canot et de tester le bonhomme !

Il descendit de son fauteuil-contour, trotta jusqu'à Tschubaï et lui prit la main.

— Tu en es, Ras ?

Rhodan opina du chef en souriant, mais sans rien dire. Pas la peine de réprimander L'Émir pour sa façon de s'exprimer parfois un peu relâchée – en vérité, il s'y était habitué depuis longtemps –, d'autant que l'Ilt ne reculait devant aucune tâche. En outre, il pouvait lui faire confiance, tout comme au téléporteur afro-terrien. Il se contenta donc de leur faire en silence un signe du pouce.

Tschubaï sourit de toutes ses dents, puis il se dématérialisa avec son petit compagnon…

*
* *

Heublein se retourna, effrayé par un bruit derrière lui. Il scruta fixement les intrus tels deux monstres sortis tout droit d'une légende.

— Vous… Vous êtes encore en vie ? bredouilla-t-il. Alors, Perry Rhodan doit l'être lui aussi ! Où est-il ?

— Pas de commentaire, Perricone ! intima le mulot-castor. Enfin, si tu es vraiment Perricone, et pas seulement une enveloppe à son image…

L'officier avait du mal à respirer.

— Qu'est-ce que ça veut dire ? Vous êtes Ras Tschubaï, n'est-ce pas ? demanda-t-il, lançant à l'Afro-Terrien un regard interrogateur puis ajoutant, dès que ce dernier eut acquiescé : je suis bien le véritable major Heublein, pas un robot déguisé ou quoi que ce soit d'autre. Vous pouvez me faire confiance.

— Faire confiance est une chose, s'en assurer est mieux, murmura L'Émir. Hum ! Schéma mental tout à fait humain. Comment va Ribald Corello ?

— Je l'ignore, répondit l'interpellé en toute innocence. La dernière fois que l'ai aperçu, il me semblait vidé de ses forces.

— Vous l'avez vu personnellement ? s'enquit Ras Tschubaï en dégainant machinalement son paralysateur. Où était-ce ?

— Dans son vaisseau spatial, devant la ville-sanctuaire de Garsinath, déclara sans détours le major.

— Et avec quelle mission le Supermutant vous a-t-il renvoyé par ici ? demanda le mulot-castor.

L'officier blêmit en remarquant à quelles conclusions avaient abouti ses visiteurs, suite à ses déclarations.

— Écoutez ! s'écria-t-il, soudain très excité. Corello n'était pas en mesure de me dicter un ordre quelconque. J'ai été libéré par les membres d'une organisation de résistants et… (Il s'arrêta de parler et fit un geste de dénégation.) Non ! Je ne dirai plus rien tant que je ne serai pas mis en présence d'Atlan en personne !

L'Émir leva les yeux vers l'écran hypercom, où s'affichait toujours l'image de l'Arkonide.

— C'est vraiment lui, Grand Chef, assura-t-il. Heublein est bien Heublein, pas un robot ni un monstre camouflé. Il ne présente pas les symptômes d'un individu soumis à un traitement hypnosuggestif, au contraire. Il dispose de son total libre arbitre.

Le Lord-Amiral fronça les sourcils et examina le major avec suspicion. Il luttait manifestement pour se décider. Il aurait préféré savoir l'individu à des milliers d'années-lumière de là, mais, au bout du compte, il n'avait pas d'autre solution que de se fier aux allégations de l'Ilt.

— Soit... commença-t-il, s'arrêtant immédiatement lorsque l'officier rescapé ferma les paupières en gémissant. Que vous arrive-t-il, major ? demanda-t-il, sa méfiance de nouveau éveillée.

Perricone Heublein tripotait nerveusement la fermeture magnétique de sa combinaison et respira un grand coup après l'avoir ouverte.

— C'était juste un vertige, Lord-Amiral, précisa-t-il en se frottant les yeux avec le dos de la main. Et j'ai également mal au cœur.

— Probablement une conséquence des tensions accumulées, dit Atlan. Je vais vous envoyer quelques médecins. Vous comprenez toutes ces mesures de précaution, j'espère !

Le major eut un rire amer.

— C'est tout naturel. Je pourrais avoir été contaminé... Vos deux mutants aussi, d'ailleurs.

L'Arkonide coupa la communication. Durant plusieurs minutes, un silence désagréable régna dans le poste de pilotage du canot de sauvetage.

*
* *

Un quart d'heure plus tard, quatre praticiens de l'hôpital de l'*Intersolaire* prirent pied à bord du petit vaisseau de secours, chargés d'une palanquée d'appareils. L'officier suspect se prêta de bon gré à une auscultation des plus méticuleuses.

Khomo Serenti, chef de l'équipe d'internes, annonça enfin que les examens étaient terminés. Le major respira.

— J'ai encore quelques questions à vous poser, indiqua le docteur d'un ton mesuré.

— C'est bon, Doc, répondit Perricone Heublein avec un sourire résigné. Allez-y !

Le médecin toussota et passa ses doigts noirs et déliés sur ses cheveux frisés. La procédure lui était manifestement pénible, même s'il la savait nécessaire.

— Nous n'avons pas isolé de cause physiologique expliquant vos accès de vertige et autres nausées, pas plus que l'inquiétude intérieure qui vous taraude. D'après vous, qu'est-ce qui pourrait avoir provoqué ces troubles d'origine très probablement psychique ?

L'officier regarda Serenti comme s'il sortait tout droit du monde des esprits.

— Vous me le demandez, à moi ? Faites-vous donc triturer le cerveau et farfouiller dans les diverses couches de l'âme pendant des heures, Doc, juste pour voir ! Ribald Corello m'a presque poussé à la folie. Il n'a arrêté que lorsqu'il s'est lui-même senti au bord de l'effondrement.

Le praticien hocha la tête d'un air compréhensif. Il activa l'hypercom et annonça à destination de l'*Intersolaire* :

— Je n'ai plus de raison de douter du major. Son état peut s'expliquer par les sévices mentaux qu'on lui aurait infligés. Je recommande toutefois une évaluation paramécanique complémentaire, aux seules fins d'information exhaustive. Comme Heublein ne trahit aucun symptôme lié à la présence d'un bloc hypnosuggestif, il pourra nous faire part avec précision des événements qu'il vient de vivre.

Sur l'écran 3D-vidéo, l'hésitation du Lord-Amiral était perceptible. Il se retourna et échangea un regard avec une autre personne située hors du champ de la caméra.

— C'est bon, conclut l'Arkonide. Rapatriez Heublein. L'Émir, tu programmes le dispositif d'autodestruction du canot de sauvetage une fois que le major l'aura quitté. Je ne tiens pas à risquer d'introduire à bord une bombe à retardement.

Toujours dubitatif, Atlan secoua la tête, donnant l'impression qu'il allait ajouter quelque chose, puis il coupa la communication.

*
* *

— Tu devrais arrêter de torturer ce pauvre gars, Perry, insista le mulot-castor. Heublein a de toute façon deviné que tu étais encore en vie. Dès que nous nous sommes rematérialisés et qu'il nous a aperçus, Ras et moi, il en a immédiatement déduit que ton existence allait de soi.

Le Stellarque secoua la tête :

— J'attends d'abord le résultat des examens paramécaniques, petit !

L'Émir soupira.

— Perry, l'homme est moralement atteint. Il a dû passer par des moments terribles. Ta seule vue pourrait lui redonner des forces.

— Hum… fit Rhodan, songeur. Si tu le crois vraiment…

— Non ! s'opposa Atlan. (L'Arkonide s'appuya sur le dossier d'un fauteuil-contour. Son visage reflétait la méfiance la plus profonde.) C'est probablement ce que Corello attend de toi. Oui, Ras ! confirma-t-il en remarquant le regard incrédule de Tschubaï, j'ai bien dit « Ce qu'il attend de Perry ». Un… un être de son niveau d'intelligence aura subodoré depuis longtemps que le Stellarque est encore de ce monde. Peut-être en possède-t-il même la preuve. Mais le fait qu'aucun d'entre nous ne connaisse avec précision les parafacultés de ce Supermutant explique probablement pourquoi nos médecins n'ont rien su déceler de suspect. Par conséquent, Perry, ta vue pourrait déclencher chez Heublein quelque chose qui te serait fatal.

— Je n'ai pas le droit d'ignorer ton argumentation, Atlan, répondit Rhodan après un moment de réflexion. J'avoue également que tous mes doutes ne se sont pas encore envolés. À l'inverse, cependant, nous ne possédons toujours aucune raison valable justifiant notre position…

— Je t'en procurerai ! déclara l'Arkonide sur un ton d'une violence inhabituelle.

— Vous ne pensez pas que cela pourrait aussi causer du tort au major, Lord-Amiral ? objecta le téléporteur.

— Bien sûr que si ! Mais cela doit-il m'obliger à faire passer la sécurité du Stellarque, et peut-être celle de l'humanité solaire tout entière, après la santé psychique d'Heublein ? Non, mon cher Tschubaï ! Nous ne pouvons pas nous permettre d'être sentimentaux quand un adversaire de l'envergure de Corello agit en coulisse.

Rhodan afficha un sourire inattendu.

— Sentimentaux, non, mais humains, oui ! Je te propose un compromis, Atlan : une fois les examens paramécaniques effectués, tu questionneras de nouveau le major sans le ménager. Je suivrai la conversation par intercom. Si nous ne trouvons rien qui justifie nos soupçons, je lui parlerai moi-même.

Il secoua la tête devant la mine renfrognée de l'Arkonide.

— Je serai amené tôt ou tard à entrer personnellement en contact avec lui, insista-t-il, et si cela doit déclencher quelque chose, mieux vaudrait que cela survienne ici et non dans le Système Fantôme.

— Le risque… commença Atlan, qui avait préparé une repartie cinglante.

Il fut brusquement interrompu par le Stellarque qui s'était levé d'un bond :

— … est le même pour moi dans tous les cas, mon ami. Mais ici, il est beaucoup plus faible pour l'humanité solaire. Et maintenant, excuse-moi. Nous devons nous reposer une petite heure, Whisper et moi, ajouta-t-il, aimable. Il nous faudra être frais pour nous occuper de Perricone Heublein.

Une fois parvenu dans sa suite, Rhodan perdit son sourire confiant. Il déboucla son ceinturon et le jeta sur un divan. Il commanda ensuite, via le système automatique d'approvisionnement, une dizaine d'œufs frais battus. Quand le récipient se matérialisa, il le posa sur la table du salon.

— Bon appétit ! dit-il, comme s'il se parlait à lui-même.

— *Merci !* répondit Whisper d'une brève impulsion télépathique.

La créature de la planète Khusal se détacha de la nuque et des épaules du Stellarque. Avec une grâce et une lenteur majestueuses, elle s'étendit presque à l'horizontale. Des mouvements ondulatoires parcoururent sa silhouette diaphane puis le voile arachnéen, animé d'une vie à l'étrangeté absolue, se mit à flotter avec élégance et légèreté à travers les airs, une pointe de son « corps » rectangulaire tendue en avant. Arrivé au-dessus du récipient contenant les œufs battus, l'être se replia sur lui-même et s'enfonça délicatement dans le liquide nutritif, ne cessant de se densifier sous l'aspect d'une sphère qui, pour finir, n'était pas plus grosse qu'une balle de tennis.

Perry Rhodan s'allongea, croisa les mains derrière la tête et s'abandonna à une réflexion muette.

Il n'avait pas révélé à Atlan toutes les raisons pour lesquelles il désirait parler à Perricone Heublein à bord même de l'*Intersolaire*. Il jugeait entre autres possible le fait, si improbable soit-il, qu'une fois le major de retour dans le Système Fantôme, Corello puisse l'utiliser comme initiateur de l'arme à retardement cachée au sein du Soleil. Naturellement, le Stellarque ne croyait pas que le Supermutant fût impliqué dans cette affaire, dont il ignorait probablement tout. Et pourtant, il ne fallait pas écarter cette hypothèse.

Durant sa méditation, Rhodan avait dû s'assoupir car le bourdonnement de l'intercom le fit sursauter. Il se redressa et brancha le circuit vidéo.

Atlan et Perricone Heublein apparurent sur l'écran, assis face à face à un bureau. Le major semblait inquiet et distrait ; il tressaillait à chaque fois que l'Arkonide s'adressait à lui. Il répondait cependant comme quelqu'un de parfaitement sain sur le plan mental.

L'officier raconta de quelle façon l'*Atlanta* avait été neutralisé, selon quelle procédure la positronique de sécurité était intervenue et avait programmé la destruction du vaisseau, bien qu'il en ait lui-même enclenché le système de désactivation sur ordre du Supermutant. La description de l'évasion qui s'ensuivait, à bord du canot de sauvetage, sentait le flou et la confusion, mais cela pouvait être imputé à un trouble de la mémoire consécutif au choc. Puis Heublein rapporta comment il avait atterri avec deux compagnons sur Galaner et avait été contraint psychiquement de se rendre à l'intérieur du navire de Corello.

Le Lord-Amiral sauta sur ses pieds et le Stellarque frissonna quand le major se mit à dresser le portrait de la créature. Certes, il avait toujours supposé que l'adversaire ne présentait pas l'aspect extérieur d'un humain normal, mais il ne s'était pas attendu à un être aussi singulier. Il commença à pressentir que le monstre devait souffrir d'horribles complexes qu'il cherchait à compenser, et qu'il en était devenu capable grâce à ses facultés parapsychiques.

Heublein en arriva au récit de sa libération par un groupe de prêtres de Bâalol entrés en résistance, ainsi qu'à la façon dont lui seul avait réussi à s'échapper, et cela éveilla de nouveau les soupçons de Rhodan. L'histoire paraissait trop facile à gober pour être réellement authentique.

Le Stellarque se leva pourtant et se rendit dans la pièce où Atlan, toujours debout, finissait d'interroger le rescapé.

Perricone Heublein bondit à son entrée et recula d'un pas. Un soupir de soulagement sortit alors de sa poitrine.

— Monsieur, vous… balbutia-t-il avec difficulté.

Perry Rhodan se détendit quelque peu et adressa à l'officier un sourire encourageant.

— Vous le voyez de vos yeux, major ! Merci de reprendre votre place. Je serai bref, afin que vous puissiez bénéficier au plus tôt d'un repos bien mérité.

Il s'assit également. Atlan, dont le regard allait de l'un à l'autre, se laissa brusquement retomber dans son fauteuil.

— J'ai suivi votre entretien avec le Lord-Amiral, expliqua le Stellarque sur le ton de la conversation. Il subsiste pour moi un point obscur. Vous nous avez rapporté la manière dont Ribald Corello s'est particulièrement « concentré » sur vous, après quoi vous êtes resté inconscient environ une demi-heure.

— Oui, Monsieur, confirma Heublein. J'ai alors été victime d'accès de vertige et de nausées, et depuis, je me sens passablement nerveux.

— L'examen paramécanique n'a rien donné, indiqua Atlan d'une voix atone. Vous ne vous rappelez toujours rien de ce qui vous est arrivé à ce moment-là ?

Le major secoua désespérément la tête. Il était clairement à bout de forces.

Rhodan se redressa.

— Je vous crois. Cependant, un bilan plus approfondi demeure nécessaire. Atlan, va demander au colonel Korom-Khan de remettre le cap sur notre port d'attache !

Une fois l'Arkonide sorti, Heublein déclara, effondré :

— *Je ne veux pas* d'un examen plus approfondi ! J'ai déjà la sensation d'avoir été disséqué jusqu'au niveau atomique, puis recomposé ensuite cellule par cellule.

Le Stellarque opina du chef et répondit :

— Je vous crois volontiers sur ce point, mon ami. Mais ne vous faites pas de souci. Sur Mimas, nous disposons de méthodes parfaitement indolores pour sonder votre subconscient sans risque de séquelles.

Il se dirigea alors vers la porte.

— Mimas… ? s’exclama Perricone Heublein. Mais c’est un des satellites de Saturne !

Perry Rhodan se retourna vers l’officier et acquiesça :

— Oui, major, une des plus importantes de ses lunes…

DEUXIÈME PARTIE

ATTENTAT
CONTRE L'*INTERSOLAIRE*

CHAPITRE PREMIER

Avant de quitter la petite cabine, Alaska Saedelaere remit son masque, car la probabilité de croiser des membres d'équipage du *Trombone* sur le trajet menant au hangar était assez élevée. Il ne pouvait s'autoriser à l'enlever que lorsqu'il était sûr de ne pas être dérangé.

Il s'assura que l'accessoire était correctement attaché. Le plastique épais de plusieurs millimètres protégeait tous ceux qui le rencontraient de la démence et de la mort.

Alaska se rendit au puits antigrav et se laissa planer jusqu'au hangar. Beaumont, le responsable des éjections et des appontages, le salua tout en évitant de le regarder ouvertement.

— La chaloupe est prête… Monsieur, dit-il en indiquant la direction correspondante.

L'hésitation sur le qualificatif reflétait le malaise du jeune officier. Il n'avait aucune idée du statut spécial dont jouissait cet étrange personnage. Par ailleurs, l'homme au masque n'était nullement disposé à l'éclairer sur ce point.

— Désirez-vous des instructions pratiques sur la positronique de guidage, Monsieur ? se renseigna Beaumont tout en accompagnant son visiteur.

Saedelaere s'immobilisa brusquement, avec un rire qui sonnait creux.

— Vous ne me croyez probablement pas capable de la piloter, hein ? demanda-t-il, amusé.

— Il entre dans mes attributions de poser cette question à chaque passager, s'excusa l'officier.

— Soit ! Vous n'avez donc fait que votre devoir, déclara Alaska en franchissant le petit sas d'accès de l'appareil.

Pas le moindre de ses déplacements à l'intérieur de la chaloupe n'échappa à Beaumont, qui l'épiait à travers la coupole de plastoverre et marmonna une imprécation. Lui qui se croyait expert pour jauger un individu au premier coup d'œil, il devait sérieusement réviser sa connaissance d'autrui !

Ce gars-là est incroyablement sec et chétif, pensa-t-il, maussade. *Pourtant, on ressent en sa présence un sentiment de profonde sécurité.*

Même la voix de Saedelaere lui donnait matière à réflexion. Bizarre qu'un homme à l'air si intelligent ait des intonations aussi raboteuses.

Alaska fit signe que tout était en ordre. Le responsable des hangars se retira dans sa cabine pressurisée et activa la liaison radio.

— Autorisation d'appareillage pour le *Trombone-212*, annonça-t-il. Confirmez que vous êtes paré !

— C'est bon ! répondit amicalement le mystérieux personnage.

Beaumont avait les yeux rivés sur les touches de sa console comme s'il les voyait pour la première fois de sa vie.

— Désirez-vous un faisceau de guidage ?

— Évidemment non ! J'atteindrai l'*Intersolaire* tout seul comme un grand !

— Qu'est-ce que cela veut… ébaucha l'officier avant de se mordre la lèvre inférieure.

La question était aussi stupide qu'inutile.

Il fit coulisser le vantail extérieur et, quelques secondes plus tard, la chaloupe se précipita dans l'espace. Il établit aussitôt la liaison avec la centrale.

— Le *Trombone-212* est parti, Monsieur.

— Qu'y a-t-il donc, Beaumont ? s'enquit le major Halthey, le commandant du vaisseau. Vous parlez comme si vous veniez de vous gargariser avec de l'abrasif en poudre !

Le responsable des hangars se racla la gorge.

— Avez-vous la chaloupe sur vos écrans, Monsieur ?

— Oui !

— Alors, c'est à vous de vous en occuper à présent, lança Beaumont avant de couper la communication.

Il se laissa retomber dans son fauteuil-contour et se sentit soulagé. Par chance, la nef de liaison ne transportait pas toutes les semaines un passager aussi singulier qu'Alaska Saedelaere.

J'aurais bien aimé en savoir plus à son sujet, pensa le jeune officier.

Une sensation de regret s'éveilla en lui à l'idée que ce souhait ne se réaliserait jamais.

*
* *

Elas Korom-Khan ôta la résille T.R.E.S. et se lissa les cheveux. S'ils continuaient ainsi, ils n'atteindraient probablement jamais le Système Fantôme ! L'officier jeta un œil maussade à Perry Rhodan, arrivé peu de temps auparavant dans la centrale. Depuis que Perricone Heublein avait été embarqué, c'était la quatrième interruption du vol linéaire. Le regard du colonel se porta au loin, par-dessus les commandes principales, pour se fixer sur l'écran panoramique. Le point lumineux argenté, dans le secteur bleu, se trouvait être la chaloupe avec Alaska Saedelaere à son bord. Korom-Khan craignait qu'il n'apporte de mauvaises nouvelles. En tant qu'homme de l'espace, il n'était pas très informé des faits se déroulant sur la Terre mais il possédait assez d'imagination pour se faire une idée de leur progression. Il rangea la résille T.R.E.S. dans son logement, sans se préoccuper des douzaines d'yeux braqués sur lui. Il s'adossa à son fauteuil avec un air de dépit, comme s'il voulait leur signifier : « Je me demande vraiment à quoi je sers, sur cette passerelle ! »

— Impatient, colonel ? se renseigna le Stellarque.

— Oui, Monsieur. Tous les autres vaisseaux de l'escadre auront bientôt rejoint leurs positions initiales.

— Cela vous dérange-t-il que l'*Intersolaire* se déplace maintenant sans escorte ?

— Aucunement, répondit l'émo-astronaute qui regrettait de s'être engagé dans cette conversation, car il ne pouvait exprimer son malaise par des mots.

— Nous continuerons le vol dès qu'Alaska nous aura rejoints, déclara Perry Rhodan. Il nous apporte des informations essentielles de la part de Galbraith Deighton.

— Veux-tu le confronter avec Heublein ? demanda Atlan.

— Saedelaere ? Pourquoi pas ? Ce n'est pas une mauvaise idée. Son esprit psychostabilisé est un gage de sécurité.

Le Lord-Amiral haussa les épaules.

— Pour moi, le cas du major est clos, dit-il. Serenti n'a rien pu constater de suspect après un dernier examen minutieux.

Par-delà son ami arkonide, Rhodan regarda la galerie panoramique.

— Les médecins sont encore auprès de lui. J'attends leur rapport à tout instant.

L'intercom bourdonna. Sur un secteur précis de

l'écran s'afficha le visage du capitaine Cal Driggus. C'était un homme de presque deux mètres, souvent surnommé « le renard » à cause de ses cheveux roux.

— Chaloupe *Trombone-212* réceptionnée selon les ordres, Monsieur !

Le visiteur s'annonça aussitôt. Il avait quitté l'appareil et se trouvait aux côtés de l'officier, dans la cabine du hangar. L'image 3D-vidéo rendait son masque encore plus sinistre qu'il ne l'était d'ordinaire.

— Alaska Saedelaere, courrier du chef de la Défense Solaire, demande l'autorisation de monter à bord.

— Il me semble que vous y êtes déjà, renvoya Korom-Khan, maussade.

— Je me conforme aux règles en usage, Monsieur.

Rhodan eut l'impression que l'agent riait derrière sa protection faciale.

Enfin, s'il lui est encore possible de rire après l'accident dont il a été victime…

— On vous attend au poste central, ajouta le colonel.

— Je crois que nous ne nous sommes pas suffisamment penchés sur le cas d'Alaska, déclara le Lord-Amiral. Nous devrions élucider le mystère de son visage.

— Malheureusement, personne ne peut le voir, répondit le Stellarque. Nous n'avons pas de médecins candidats au suicide. Aussi devons-nous nous contenter de ce qu'il nous raconte.

— Mais nous raconte-t-il bien tout ?

— Tu plaisantes ?

Atlan ne répondit pas. Il devait reconnaître qu'il était quelque peu contaminé par l'atmosphère tendue régnant à bord de l'*Intersolaire*.

Saedelaere entra quelques instants plus tard sur la passerelle du vaisseau amiral. Ses mouvements semblaient nonchalants, sans que cela paraisse intentionnel ou feint.

Les conversations cessèrent aussitôt. Tous, à l'exception du visiteur, prirent soudain conscience du malaise résultant du fait que tous les regards s'étaient portés sur lui. Quelques-uns détournèrent précipitamment la tête et se remirent à leur tâche.

Son pantalon flottant autour de ses jambes maigres, l'agent spécial s'avança vers Perry Rhodan. Ce dernier tenta de distinguer les yeux à travers les minces fentes du masque, mais il ne vit qu'un mystérieux scintillement. Les deux hommes se saluèrent, puis Alaska remit au Stellarque un courrier du chef de la Défense, Galbraith Deighton.

— La situation dans le Système Fantôme suscite de multiples inquiétudes, Monsieur. Il y a de plus en plus de protestations, même sur Terre. Les gens ne se résignent plus à être séparés du reste de la Galaxie.

— C'était à prévoir, affirma Eysbert, le cosmopsychologue. On peut comparer le chronochamp à une prison géante. Les habitants du Système Solaire aspirent à retrouver parents et amis vivant à l'extérieur. Je crains que nous n'ayons surestimé les individus. Personne ne pouvait présager de la force des liens familiaux. Et naturellement, nous avons attendu que les difficultés surviennent pour nous en soucier…

Perry ouvrit l'enveloppe et parcourut le rapport du maréchal solaire.

— L'opposition s'organise. Deighton redoute que quelques éléments radicaux puissent manipuler les gens en colère.

Atlan regarda de biais son ami terranien.

— Tu devras prendre une décision tôt ou tard, qui consistera peut-être à ce que le Système Fantôme cesse d'exister sous sa forme actuelle.

Rhodan examina plus attentivement le document, tout en tentant de réfléchir. Le Premier Émo-Mécanicien n'escomptait certainement pas qu'il entreprenne quelque chose immédiatement, même si tout retard risquait d'aggraver encore davantage la situation.

— Nous devons tout d'abord clarifier la fâcheuse affaire du major Heublein, annonça-t-il en se tournant vers l'Arkonide. Je ne veux pas éluder les autres problèmes, mais ma priorité va aux innombrables victimes de Corello.

— Je vois ! Tu veux ajourner la décision en priant pour que tout aille bien pendant ce temps-là.

Le Stellarque perçut parfaitement le reproche dissimulé, sans toutefois y répliquer. Il savait que son attitude était impopulaire, mais il ne devait pas oublier qu'avec un retour à l'état antérieur, il pouvait mettre en danger la sécurité de quelques milliards de Terraniens.

— Vous restez à bord, Saedelaere, ordonna-t-il. J'aimerais que vous examiniez un officier du nom de Perricone Heublein. Il a été en contact avec Ribald Corello. C'est l'unique rescapé du croiseur léger *Atlanta*.

Le colonel Korom-Khan, qui ne quittait pas des yeux l'agent spécial, trouvait qu'il se comportait en vrai familier des lieux. Il n'était arrivé que depuis peu, mais il semblait posséder la faculté de s'intégrer sans peine dans un groupe.

— Cela m'étonne, rétorqua Alaska. Jusqu'ici, personne n'a survécu à une rencontre avec le Supermutant, sauf si celui-ci le désirait.

— Je ne vous le fais pas dire, approuva aussitôt Rhodan.

Le masque de Saedelaere trembla légèrement, signe que son porteur avait peut-être esquissé une grimace.

— Vous croyez que le major est une sorte de cheval de Troie ?

— Ce n'est pas à exclure. Nous l'avons pourtant

examiné minutieusement. Les mutants et les médecins s'en sont chargés, sans résultat patent. Ni bloc hypno-suggestif, ni barrage mental.

— Nous voulions l'emmener sur Mimas, ajouta le Lord-Amiral. Les paramécaniciens trouveront peut-être quelque chose, bien que nous ayons effectué presque tous les tests possibles.

Saedelaere parut réfléchir, sous sa protection faciale.

— Pourquoi voulez-vous que je le voie ?

— Il n'y a pas de raison précise, hormis le fait que nous devons tout tenter, répondit le Stellarque.

Leur conversation fut interrompue par l'appel du docteur Serenti. Il avait la mine pensive et inquiète.

— Comment va-t-il ? demanda Rhodan sans ambages.

— Il délire… Dit des choses confuses… Je vous conseille… Aller le voir.

L'élocution hachée de l'Afro-Terrien amusa Perry, malgré la situation troublante.

— Nous arrivons immédiatement, avec un invité surprise ! annonça-t-il.

Le médecin grimaça, soupçonneux.

— Heublein a besoin de repos, Monsieur. Son état est inquiétant.

Le Stellarque regarda Saedelaere avec hésitation. C'était sans doute un risque de l'emmener à l'hôpital de bord. Il pinça les lèvres. En fait, c'était ce qu'il escomptait : que le major panique, perde son sang-froid, et peut-être en découvriraient-ils davantage.

— J'en assume la responsabilité, Doc.

— Comme toujours, Monsieur, grommela Serenti avant que son image ne s'efface.

— Il n'avait pas l'air franchement ravi, fit remarquer Alaska.

— Il est médecin, souligna Rhodan. Il songe uniquement à ses patients. Or, ici, il s'agit de bien plus. Je ne puis tolérer que Corello dépose un œuf de coucou dans notre nid, avec l'aide involontaire d'Heublein.

— Vous croyez que le major est un espion ?

— Un espion, voire même une arme, ajouta Atlan.

— C'est la raison pour laquelle l'*Intersolaire* n'a toujours pas regagné le Système Fantôme, s'immisça Korom-Khan. Si rien ne se clarifie, nous risquons de naviguer une bonne centaine d'années à travers la Galaxie !

— Le colonel exagère, naturellement, fit remarquer L'Émir qui venait de se rematérialiser dans la centrale. Quand il oublie trop longtemps d'enlever sa cloche à fromage, ça le rend toujours un peu bizarre.

Il n'y a bien que lui pour se permettre de désigner avec autant d'irrespect la résille T.R.E.S. des émo-astronautes ! pensa Saedelaere.

Totalement fasciné, il se trouvait pour la seconde fois en face de l'Ilt, qui lui prouva illico que cet intérêt n'était pas unilatéral.

— Salut, Alaska ! Tu portes encore ce masque au concombre pour t'embellir le teint ?

— Je ne peux hélas pas m'en séparer, répondit l'agent, toujours aussi indifférent lorsqu'on parlait de son camouflage facial.

— Veuillez m'accompagner, l'invita le Stellarque qui craignait que le mulot-castor ne se laisse aller à d'autres maladresses si on lui en donnait l'occasion.

— Si je suis correctement le fil des pensées de vos cerveaux incompétents, vous vous rendez maintenant au sanatorium où le major Heublein jouit d'un séjour curatif, énonça doctement L'Émir. J'avais déjà en tête quelques idées géniales sur le plan médical, donc il vaudrait mieux que je sois de la fête.

— Tu restes ici, Les Mirettes. Je suis sûr que ton génie aura largement de quoi s'épanouir dans la centrale.

— Les petits ont toujours tort, se plaignit l'Ilt en se laissant retomber dans son fauteuil-contour, spécialement conçu pour lui.

***

À l'hôpital de bord, Perry Rhodan et ses trois compagnons retrouvèrent Perricone Heublein, installé dans une chambre seule. Un médirobot se tenait en permanence au pied du lit, prêt à intervenir sans délai ou à appeler un médecin.

Bien qu'il vît le commandant de l'*Atlanta* pour la première fois, Saedelaere fut effrayé par sa mine maladive.

Le major était allongé sur le dos. Son nez fin et pointu saillait entre ses joues creuses. Ses yeux profondément enfoncés dans leurs orbites brillaient d'une fièvre intense. Ses cheveux noirs ruisselaient de sueur.

Il fixait le plafond et n'avait pas remarqué les visiteurs.

Le docteur Khomo Serenti était entré avec eux. Il se dirigea vers le patient et lui essuya le front.

— Il est dans cet état depuis trois heures, déclara-t-il. Il se met à parler de temps à autre, mais nous devons le maîtriser dès qu'il commence à s'emporter.

— Major ! l'appela Rhodan. Me reconnaissez-vous ?

Heublein hocha légèrement la tête.

— Ce personnage étrange, lui, se dénomme Alaska Saedelaere, ajouta le Stellarque. J'aimerais que vous le regardiez. Il est plus atteint que vous, et malgré cela il ne se laisse pas abattre.

L'agent spécial voulut répliquer, mais il saisit à temps le sous-entendu.

— Je proteste contre votre comportement, Monsieur, s'insurgea le médecin. Ceci est…

— Très bien, Doc, le rassura le Premier Terranien. Je n'ai pas l'intention de tourmenter le major. (Il se tourna vers l'homme au masque.) Je vous laisse la place, Alaska.

Saedelaere s'avança. Devant lui se trouvait une victime de Ribald Corello, un malheureux qui avait vu l'horreur en face !

— Avez-vous un souhait, Heublein ? se renseigna-t-il.

Un signe furtif se manifesta sur le visage du malade.

— Oui ! J'aimerais un cigare. Un « Black Lady », long et noir ! Un peu en souvenir de quelqu'un que je n'ai pas réussi à sauver…

— Il me rabâche cette requête depuis son arrivée ici, se plaignit Serenti. Il est souffrant et il veut fumer ! Déjà qu'il a du mal à respirer, et il en rajoute…

Alaska pivota vers le Stellarque.

— Croyez-vous possible de s'en procurer un quelque part à bord, Monsieur ?

— Certainement.

— Votre vœu sera exaucé, major, promit l'agent spécial. Mon masque vous effraie-t-il ?

— Pas du tout, répondit Heublein. Je souhaiterais que tous ceux qui sont ici en portent un. À force de regarder leurs visages, je les vois tous finir par se calquer sur celui du Supermutant. C'est horrible !

Il tira la couverture par-dessus sa tête et se mit à gémir.

— Il a dû vivre une expérience effrayante, déclara Serenti. Il n'arrive pas à se souvenir des détails, et cela complique encore l'affaire.

Saedelaere comprenait maintenant pourquoi on s'inquiétait sérieusement, à bord de l'*Intersolaire*.

Le major avait rencontré Ribald Corello. Et quelque chose s'était produit.

Mais quoi ?

CHAPITRE II

J'ai faim ! pensa le monstre.

Une brèche s'ouvrit dans le matériau polychromatique luminescent et spongieux dont était tapissé le fond du sarcophage, laissant passer un bras manipulateur à l'apparence fragile qui tâtonna quelques secondes avant de plonger dans le socle de deux mètres de hauteur. Lorsqu'il en ressortit, il portait une tétine reliée par un petit tuyau flexible transparent à un récipient placé dans l'embase de la Châsse. Étendu sur le dos, Ribald Corello attendit que l'embout s'immobilise devant sa bouche, puis il se mit à aspirer. On entendit un bruit de succion, comme en eût produit un bébé bienheureux. Même si le processus d'alimentation lui procurait une satisfaction émotionnelle, il souhaitait par-dessus tout pouvoir s'en affranchir un jour. Pour lui, le boire et le manger n'étaient que matérialismes primaires. Des habitudes animales, en quelque sorte ; à ses yeux, leur céder équivalait à se dévaloriser intellectuellement. C'est pourquoi il tentait constamment de maîtriser le métabolisme de son corps. Il y avait sûrement une possibilité de se maintenir en vie par des moyens parapsychiques ! L'énergie psionique permettait presque tout, si elle était assez puissante et correctement employée.

Mais le Supermutant avait pour l'instant bien

d'autres choses en tête. Il s'adonnait totalement au plaisir de la succion. Comme toujours pendant ses repas, l'image de sa mère se profilait devant son œil mental et lui souriait.

L'affreuse pensée que celle qui l'avait engendré était morte, conservée dans un cercueil spécial fixé sur le toit du sarcophage, s'insinua dans son cerveau. Ses yeux vacillèrent et, de rage, il cracha la tétine. L'ensemble du dispositif automatique se rétracta aussitôt dans le socle de la Châsse.

Pris d'une quinte de toux, il resta couché durant plusieurs minutes. Il s'était si bien perdu dans le labyrinthe de ses sombres ruminations qu'il n'avait ni vu ni détecté qu'un membre de l'équipage était entré dans sa cabine. Quelqu'un pour qui il eût été facile, à cet instant, d'éliminer le monstre trop accaparé par les souvenirs de sa mère défunte…

Mais les individus qui vivaient à bord de ses vaisseaux étaient entièrement sous le contrôle du Supermutant, et il ne leur serait jamais venu à l'idée de le tuer, même si l'occasion leur en avait été offerte.

Ses sentiments étaient tellement exacerbés que son petit corps difforme se mit à trembler.

— Il faut que je te voie, Mère ! lança-t-il.

Comme il se préparait à faire descendre le cercueil dans le sarcophage et à l'ouvrir, les impulsions mentales de l'astronaute qui se tenait devant la Châsse et en fixait l'intérieur avec un air d'incompréhension le frappèrent de plein fouet. Se sentant violé dans son intimité, Corello entra en fureur. L'homme recula d'un pas tout en bredouillant des paroles inintelligibles.

Les grands yeux larges de huit centimètres étincelèrent brusquement.

— Qui es-tu ? demanda le mutant, d'une voix perçante déformée par le haut-parleur extérieur.

— Mamos Topay, Tapur ! répondit dévotement le visiteur.

— Topay, misérable rat ! As-tu saisi que je dois te tuer, à présent ?

L'astronaute tomba à genoux, non pas de son propre chef, mais parce qu'il y fut contraint par un ordre psi.

— Oui, Tapur, murmura-t-il. Si vous le jugez nécessaire…

— Ne crois pas t'en tirer aussi facilement ! s'égosilla Corello. Je te libérerai de ton parabloc *avant* de t'éliminer. Tu pourras pleinement apprécier ce qu'il en coûte de m'offenser.

L'homme était dans l'incapacité de répliquer. La peur lui nouait la gorge. Immobile, il fixait l'être monstrueux. Une ultime lueur de hardiesse s'alluma dans un recoin de son cerveau, lui conseillant de prendre la fuite.

— Tu vas d'abord rendre hommage à ma mère, avant que je te supprime. Tu vas la contempler et me dire combien elle est belle, ajouta le Supermutant.

Il s'égara de nouveau dans ses pensées, libérant momentanément son visiteur de l'influence parapsychique. Dans l'esprit de Topay, la lueur crût en une petite flamme. L'astronaute se redressa et partit en chancelant vers la porte de la cabine.

Corello l'observait en affichant un sourire sardonique. Mettant en œuvre ses facultés psi, il actionna le radiant à impulsions incorporé dans la paroi extérieure du sarcophage à l'instant où sa victime se croyait déjà en sécurité, à proximité de la sortie.

Puis il appela deux de ses marionnettes pour faire évacuer le corps, et se délecta de l'horreur que leur causa la vue du cadavre.

— Ainsi mourront tous ceux qui t'offensent, Mère ! assura-t-il.

Sa colère s'estompa progressivement, et il put de nouveau concentrer toute son attention sur l'homme qu'il avait choisi pour détruire le Système Solaire. Son vaisseau de cent mètres de diamètre suivait la nef amirale de Perry Rhodan à une distance d'environ trois années-lumière. Malgré cela, le monstre parvenait à capter les ondes individuelles de Perricone Heublein. Il avait eu tout le temps, sur Galaner, d'étudier les fréquences mentales de l'officier et n'avait donc aucune difficulté à le localiser, même parmi des milliers de gens.

— Ma bombe ! murmura-t-il, triomphant. Ma bombe vivante !

Il s'amusait à imaginer les scientifiques de l'*Intersolaire* en train de s'évertuer à résoudre en vain l'énigme du major.

Après deux ans d'intenses efforts, Ribald Corello avait enfin réussi, sur la deuxième planète de l'étoile Drofronta, à créer dix grammes de matière psi. L'énergie spirituelle s'était condensée en substance solide et malléable dans un formidable champ de force psionique. L'épreuve avait complètement harassé le mutant. À tel point qu'il avait ensuite aspiré à la mort des heures durant.

Mais le jeu en valait la chandelle. L'infime quantité obtenue était si bien dissimulée dans le corps d'Heublein que nul médecin, aussi expérimenté soit-il, ne pourrait jamais la découvrir. Tous les appareils d'investigation n'y verraient que du feu.

La dangereuse matière se trouvait dans le gros intestin, repartie sur un secteur de la taille d'une main dans les villosités de la muqueuse. Aucun examen du sang ni des selles ne fournirait d'indications aux praticiens. Et aucune fluctuation du métabolisme ne pourrait être constatée.

Malgré tout, l'entreprise ne se déroulait pas selon le désir du monstre. Il n'avait pas envisagé qu'Heublein rencontrerait des problèmes physiques et que des tensions tirailleraient son subconscient. Le major aurait dû, après son « sauvetage », se déplacer librement à bord de l'*Intersolaire* au lieu d'être confiné à l'hôpital de l'ultracroiseur, accaparant l'attention de l'ensemble des responsables. La conséquence immédiate en était un chamboulement total du plan de Corello.

Le quatorze janvier, à l'aide de ses facultés de transmetteur vivant, il avait implanté la matière psi dans le corps de l'officier. Par ailleurs, il avait tablé sur un délai de quarante-huit heures avant que le major ne soit recueilli sur le vaisseau amiral de Rhodan.

La durée maximale de stabilité de la substance créée par le Supermutant s'élevait à dix jours terraniens. Ensuite, elle détonerait, et même lui n'y pourrait rien changer.

Perricone Heublein, la bombe vivante, s'amorcerait le vingt-quatre du mois en cours.

À cette date, l'*Intersolaire* devrait, selon les calculs de Corello, être depuis longtemps de retour dans le Système Solaire, de sorte que l'explosion anéantirait entièrement le berceau de l'Humanité.

Mais il avait entre-temps compris que son plan risquait de ne pas fonctionner. Le navire passait alternativement de la zone de libration au continuum einsteinien. Rhodan devait avoir conçu des soupçons suite au comportement irrationnel du major et hésitait par conséquent à poursuivre en direction de la Terre.

Le Supermutant pesa le pour et le contre et reconnut que son œuvre de destruction était vouée à l'échec. L'ultracroiseur serait toujours dans l'espace cosmique au terme du délai inexorable.

Mais le monstre n'était pas déçu pour autant.

Tout bien considéré, le Stellarque se trouvait à bord de l'*Intersolaire* et disparaîtrait avec lui.

Sa mort équivaudrait à la fin de la prédominance terranienne dans la Galaxie.

Que le vaisseau amiral émerge ou non dans le Système de Sol n'avait désormais plus grande importance. Seule comptait la présence de Perricone Heublein aux côtés de Perry Rhodan jusqu'à l'heure H.

À trois années-lumière du major, Ribald Corello épiait ses impulsions mentales confuses.

L'officier semblait pressentir qu'il incarnait un immense péril pour l'Humanité, sans toutefois être en mesure d'en préciser la nature.

Le Supermutant lança un pont d'énergie psionique par-dessus l'énorme distance. S'il lui fallait forger un plan de secours, il devait totalement se concentrer sur sa construction.

CHAPITRE III

Dans sa cabine, Alaska Saedelaere faisait face au miroir et, pour la millième fois en cinq ans, se demandait pourquoi l'effrayante chose informe qui se cachait sous son masque condamnait les gens qui la voyaient à la démence et à la mort. Sa main tâtonna avec précaution sur la matière mouvante, d'une consistance molle et chaude. Aussi étonnant cela fût-il, l'agent spécial ne pouvait pas sentir sous ses doigts les ondulations parcourant son visage. Elles semblaient converger vers un point central, pourtant impossible à localiser. L'accidenté avait parfois l'impression que sa figure était hérissée de langues de flammes. Le phénomène s'étendait de la naissance des cheveux jusqu'au menton et s'arrêtait net au ras des oreilles.

Le vibreur de l'entrée se fit entendre. Saedelaere recula d'un pas, ajusta aussitôt son masque afin que personne ne puisse souffrir à sa vue, puis ouvrit la porte.

Khomo Serenti pénétra dans la cabine.

— Salut, Doc ! lança Alaska avec une surprise joyeuse. Alors, que devient Heublein ?

Le médecin jeta un coup d'œil en direction du miroir, comme s'il avait deviné que son hôte se trouvait devant quelques instants plus tôt.

— Il va très mal. Si ça continue ainsi, nous n'atteindrons jamais le Système Fantôme.

— A-t-il eu son fameux cigare ?

— Oui ! Mais il a vomi dès la première bouffée !

— Et qu'en concluez-vous ?

Le praticien hocha la tête.

— A priori, rien ! Je voulais juste discuter avec vous. Vous m'intéressez davantage que le major.

— Eh, Doc, deux malades à la fois, n'est-ce pas un peu trop ?

— Absurde ! rétorqua le médecin qui se laissa tomber sur le lit tout en observant son vis-à-vis avec une curiosité toute scientifique.

Saedelaere tira une chaise à lui et s'assit à califourchon. Quand il se pencha en avant, les os saillants de ses épaules pointèrent sous sa veste.

— Avez-vous toujours été aussi maigre ? se renseigna Serenti.

— Oui ! Ça vous déçoit ?

— Je me demande ce qui arriverait si je vous examinais. Sans le masque, naturellement.

Alaska ne répondit pas. Son interlocuteur n'était pas le premier de sa corporation à venir le voir pour cette raison.

— J'ai conscience du risque, ajouta le docteur, interprétant le silence de l'agent comme un accord. J'ai donc pris plusieurs mesures préventives. Ma perception et ma réactivité ont été fortement atténuées par des injections spécifiques.

— Non ! refusa Saedelaere.

— Ne voulez-vous vraiment pas qu'on vous aide ? grogna le médecin.

— Il y a une chose que je ne veux vraiment pas : c'est tuer quelqu'un involontairement !

Serenti sortit un feuillet et le jeta sur la table.

— Voici confirmation écrite de ce que l'examen est

effectué à ma demande. J'en assume l'entière responsabilité !

— Non !

— Vous êtes une sacrée tête de mule !

— Pour une bonne raison, affirma l'agent, contrarié.

— Je ferai prévaloir le fait que je dois vous examiner, annonça le médecin. Si besoin est, on vous traînera jusqu'à l'infirmerie.

— Votre position et la sympathie que j'ai à votre égard vous préservent d'une bonne raclée ! répliqua Saedelaere.

Serenti perdit un instant son sang-froid. Il était venu pour aider l'accidenté et ne comprenait pas que celui-ci s'y oppose, réfutant toutes les mesures préventives prises.

— Vous ne comptez quand même pas vous battre avec moi ! s'écria le praticien, furieux. Regardez-vous ! La moindre brise peut vous flanquer par terre !

Alaska s'avança vers lui, le saisit par les revers de sa veste, le souleva sans difficultés et le porta ainsi jusqu'au seuil.

Totalement surpris, Serenti écumait de rage.

— J'espère que votre zèle scientifique est à présent refroidi, ironisa Saedelaere.

Le soudain effort ne semblait pas l'avoir éprouvé le moins du monde.

Le praticien bafouilla une excuse. L'intercom bourdonna, le tirant d'une situation embarrassante. L'un de ses assistants s'annonça, le priant de se rendre à l'infirmerie.

— Heublein recommence à s'agiter, dit-il.

Pensif, le médecin scruta Alaska.

— Je vous accompagne, déclara ce dernier, qui avait apparemment oublié la brève dispute.

Khomo Serenti sentit grandir en lui son respect envers l'homme au masque, tandis que celui-ci le précédait vers le puits antigrav le plus proche.

*
* *

L'officier avait l'air de quelqu'un qui n'avait pas dormi depuis des mois. L'un des médecins lui avait administré un sédatif, si bien qu'il reposait presque immobile dans son lit. Perry Rhodan, Fellmer Lloyd et Atlan étaient déjà présents lorsque Serenti et Saedelaere entrèrent dans la chambre.

— Je ne supporterai plus cela très longtemps, souffla le malade. Je préfère mourir.

— Absurde, major ! le tança le Stellarque. Vous êtes un collaborateur très précieux, qu'un navire flambant neuf et un nouveau commandement attendent sur Terre !

Une fugace étincelle de confiance raviva les yeux du patient, avant le retour de la peur et de l'incertitude qui balayèrent toute autre expression.

— Laissez-moi partir, Monsieur ! supplia Heublein. S'il vous plaît, mettez un aviso à ma disposition.

— Pourquoi voulez-vous quitter l'*Intersolaire* ? demanda l'Arkonide.

— Il y a quelque chose qui ne va pas chez moi, affirma le major. Le monstre m'a transformé. Je suis sûr d'incarner un danger mortel pour l'Humanité tout entière.

— Nous vous avons examiné sous toutes les coutures, intervint le docteur. Nous pouvons vous certifier que vos soupçons sont sans fondement.

— Je suis le seul homme à être sorti vivant d'un face à face avec Ribald Corello ! s'écria Heublein en se redressant. Laissez-moi m'en aller avant qu'il ne soit trop tard !

Alaska sentit un frisson glacé lui courir le long de la colonne vertébrale. Il commençait à redouter que les paroles de l'ex-commandant de l'*Atlanta* ne résultent pas uniquement de son imagination surexcitée.

— Vous êtes sous notre responsabilité, major. Dans l'état où vous vous trouvez, vous n'êtes certainement pas en mesure de piloter une *Gazelle*, déclara le Stellarque.

L'officier se laissa retomber en arrière.

— Je ne vois pas d'autre solution que de le placer sous narcose profonde, suggéra Khomo Serenti. C'est le seul moyen pour l'empêcher de s'effondrer totalement et de sombrer dans la psychopathie. Encore deux ou trois jours et il ne sera plus jamais capable d'endosser la charge qu'est le commandement d'un navire !

— Je ne veux pas que vous m'endormiez ! protesta le malade.

— J'y suis également opposé, insista Rhodan. S'il dort, nous n'apprendrons rien de lui.

— Mais il doit rejoindre Mimas, ajouta le médecin. Seule la paraclinique peut lui apporter une éventuelle assistance.

— Pour l'instant, nous n'emmènerons pas Heublein dans le Système Fantôme. Cela me paraît trop risqué. Nous ne le ferons que lorsque son état se sera stabilisé.

— À vous entendre ainsi, je me sens beaucoup plus serein, Monsieur, déclara l'officier. Vous devriez me déposer sur une quelconque planète et attendre quelque temps la suite des événements.

Personne ne lui répondit.

Tous quittèrent en silence la chambre ; une fois dans le couloir, le Stellarque prit la parole.

— Nous devons vraiment prendre ses propos au sérieux. Son subconscient est en ébullition. Quelque chose l'oppresse.

— Il y a encore une possibilité à laquelle nous n'avons pas pensé, indiqua Atlan. Le comportement du major est peut-être voulu par Corello, afin de détourner notre attention.

— Tout est envisageable, soupira Rhodan. Fellmer, avez-vous pu constater une altération de ses fréquences mentales ?

— Pas du tout. Je dirais que son cerveau est libre de toute influence.

— Il nous faut nous décider ! Nous sommes le dix-neuf janvier. Nous aurions pu atteindre le Système Fantôme depuis longtemps si nous n'avions pas interrompu sans cesse notre vol linéaire. (Le Stellarque jeta un regard circulaire.) Quelqu'un a-t-il une proposition à faire ?

— Les médecins sont pour l'acheminement rapide du malade sur Mimas, rappela l'Arkonide. Cependant, nous ferions mieux de nous asseoir sur leur demande.

— Alaska ? s'enquit le Premier Terranien.

— D'instinct, je serais d'accord avec le Lord-Amiral et vous-même, Monsieur. Et ceci, sans aucun indice tangible pour étayer les affirmations d'Heublein quant au péril qu'il incarne.

— Attendons encore un jour, décida Rhodan. Il peut se produire beaucoup de choses en vingt-quatre heures. J'aviserai à ce moment-là.

*
* *

Une brève impulsion psi suffit. L'appui-tête jaillit de l'unité dorsale de la combinaison dorée. Les dix doigts très déliés se déployèrent puis, écartés telles les nervures d'une feuille, vinrent enserrer l'occiput de Ribald Corello, qui put ainsi se relever et faire quelques pas. Il était tout à fait conscient de son corps difforme, notamment suite à ses nombreuses rencontres avec des gens normalement constitués. Mais sa monstruosité résidait bien davantage dans ses terrifiants processus mentaux que dans son aspect physique.

Le Supermutant s'avança en chancelant vers la paroi transparente du sarcophage, près de laquelle il s'immobilisa soudain. Le commandant Phelps Cherbuliez venait d'entrer dans la cabine et attendait humblement que son maître daigne lui adresser la parole.

— Jusqu'ici, tu t'es très bien comporté en réaction aux différentes manœuvres de l'*Intersolaire*, déclara Corello. Je n'en espérais pas moins de toi ! J'ai bien fait de vous permuter, Mitzum et toi, en pensant que tu serais le meilleur pour cette traque.

— Merci, Tapur, répondit l'homme, soulagé, car être convoqué en ces lieux augurait souvent une mort imminente.

— Il se peut que j'aie à modifier très rapidement mes plans. Il importe donc que tu exécutes à la lettre chacun des ordres qui vont suivre.

— Vous pouvez compter sur moi, Tapur.

Le monstre sourit, amusé.

— Regarde-moi quand tu me parles, commandant !

Cherbuliez leva la tête et détailla le sarcophage. Il s'efforçait de contrôler l'expression de son visage mais ne put empêcher la commissure de ses lèvres de tressaillir. Il se ressaisit aussitôt et fixa les grands yeux du Supermutant. Il frissonna, submergé par leur pouvoir dévastateur.

Les menottes boursouflées de Corello touchèrent la face interne de la paroi de troplonite. Il ressentait l'envie de se divertir avec l'officier, mais il était conscient qu'il aurait besoin de lui les jours prochains. La réactivité et la concentration de l'astronaute ne devaient pas être amoindries.

— Tu dois t'attendre à combattre, signala-t-il. Informes-en l'équipage.

— Oui, Tapur.

— Et maintenant, disparais ! intima le Maître après s'être assuré que l'homme était totalement sous sa domination.

Hélas, il en allait tout autrement pour Perricone Heublein… Par-delà la distance de trois années-lumière, le Supermutant perçut que l'officier s'écartait du comportement escompté. Le major insistait pour être déposé sur une planète !

Cette issue devait être évitée par tous les moyens. Si Corello avait entre-temps abandonné tout espoir de pouvoir détruire le Système Solaire, il lui restait l'*Intersolaire* et Perry Rhodan. Et pour cela, il fallait que le malade demeure sur le vaisseau amiral jusqu'au vingt-quatre janvier.

Le monstre réfléchit. Il ne voyait pas d'autre solution que d'influencer à distance le major. Mais la prudence s'imposait : ni l'équipage du navire terranien, ni les mutants à son bord ne devaient concevoir le moindre soupçon.

Il s'assit à même le moelleux revêtement du sol et laissa l'appui-tête réintégrer son logement dans l'unité dorsale. La combinaison spéciale qu'il portait lui permettait pratiquement de décupler ses facultés parapsychiques et d'atteindre sa marionnette pourtant très éloignée.

Ses pensées se focalisèrent sur Heublein. Il le forcerait à rester à bord de l'*Intersolaire* !

Aussitôt le contact établi, le Supermutant s'immisça en douceur dans l'esprit de sa victime, puis il se retira au bout de quelques minutes. Il répéterait le processus dans une heure, en espérant que cela suffirait par la suite.

Épuisé, il se laissa tomber à la renverse et céda à la fatigue. Il serait toujours temps pour lui de se réveiller.

Avant de s'endormir, il songea à sa mère – comme chaque fois où il réussissait à s'arracher un instant à l'élaboration de ses plans de conquête.

*
* *

— Bonne nouvelle, Monsieur ! résonna la voix de Serenti dans l'intercom. L'état d'Heublein s'est amélioré. Il a même mangé de bon appétit.

Rhodan considéra le visage mat du médecin, qui s'affichait distinctement sur l'écran 3D-vidéo. Il se demandait ce qui avait pu causer une soudaine modification dans le comportement du major. À peine sept heures auparavant, Fellmer Lloyd et le mulot-castor avaient capté une brève impulsion quintidimensionnelle, sans pouvoir déterminer sa provenance. Le Stellarque soupçonnait que ces hyper-rayonnements avaient un rapport avec le changement d'attitude du malade, bien que les deux mutants aient affirmé qu'il n'était pas sous influence.

En d'autres circonstances, Rhodan se serait réjoui de l'amélioration. Là, elle ne pouvait que renforcer son sentiment de méfiance.

— Qu'en dis-tu ? l'interrogea Atlan. Selon moi, cette corrélation étroite que tu vois entre les deux faits serait le hasard le plus extraordinaire.

— Je ne crois plus aux coïncidences pour tout ce qui touche à Corello.

Un appel de l'hôpital de bord interrompit la conversation des deux amis. À leur grand étonnement, Heublein apparut sur l'écran. Derrière lui se tenait Serenti, l'air très préoccupé. Il semblait désapprouver son patient.

— Excusez-moi, Monsieur, mais je pensais que vous seriez soulagé de me voir rétabli, annonça l'officier.

— En effet, même si j'en suis pour le moins surpris.

— Je crois maintenant savoir que je me sentirai beaucoup mieux tant que l'*Intersolaire* n'effectuera pas d'autre vol linéaire.

Rhodan et Atlan échangèrent un bref regard.

— Il n'a plus de fièvre, les informa le médecin. Sa supposition n'est pas totalement dénuée de fondement.

— J'ignore vos plans et je ne puis me permettre de vous influencer, Monsieur, poursuivit le malade. Mais s'il était possible de demeurer quelques jours dans le continuum einsteinien, mon état devrait nettement se stabiliser. Je recouvrerais alors peut-être totalement la mémoire.

— J'y penserai, major, promit le Stellarque. À présent, il serait sans doute préférable que vous retourniez dans votre chambre.

— Bien sûr, Monsieur, assura Heublein avant que la liaison soit interrompue.

L'Arkonide claqua des doigts.

— Il est sous influence, j'en suis sûr et certain ! Quelqu'un, probablement Corello, veut que nous restions un certain temps dans le continuum einsteinien.

Perry ne répondit pas mais interrogea Fellmer Lloyd sans mot dire. Le télépathe secoua négativement la tête, signifiant par là qu'il n'avait constaté aucun changement chez le malade.

— Heublein raconte peut-être la vérité ! déclara Rhodan. Ce qu'il prétend n'est pas impossible.

— Quand il était au plus mal, nous le soupçonnions, fit remarquer Korom-Khan. Maintenant qu'il va mieux, nous réagissons de même. Faudra-t-il donc que le ciel nous tombe sur la tête pour que ce vaisseau poursuive son chemin ?

— Vous avez raison, colonel. Il serait temps que nous entreprenions quelque chose.

— Que projettes-tu ? se renseigna l'Arkonide.

— Nous allons gagner le système de Goring-Maat, annonça le Stellarque.

— Il n'y a qu'une planète, là-bas, se souvint le commandant du vaisseau amiral. Un monde désertique, sans atmosphère, sur lequel se trouve un dépôt de l'Astromarine Solaire.

— Exact ! confirma Rhodan. Préparez le navire pour cette étape !

— Pourquoi as-tu précisément choisi cet endroit ? s'enquit Atlan.

— Parce qu'il est éloigné de seulement quatre mille cinq cents années-lumière de la Terre. Nous réaliserons ainsi le souhait exprimé par Heublein avant sa prétendue amélioration : il pourra atterrir sur Shishter.

— Seul ?

Le Stellarque hocha la tête.

— Bien sûr que non ! Trois paramécaniciens et un médecin l'accompagneront et l'observeront pendant un mois. Passé ce délai, le major pourra certainement être transféré sans danger sur Mimas.

— Tu devrais nous permettre d'y aller, à Fellmer et à moi, intervint L'Émir. Nous sommes bien plus capables de l'aider que ces quatre gugusses !

Le mulot-castor avait certes raison, mais Rhodan refusa sa proposition : pas question de risquer la vie de deux des trois derniers survivants de la Milice des Mutants ! L'Ilt comprit que palabrer ne servirait à rien et se contenta de se recroqueviller dans son fauteuil spécial.

Korom-Khan donna ses ordres. Les émo-astronautes coiffèrent leur résille T.R.E.S. et relayèrent les premières instructions aux systèmes de contrôle du vaisseau.

L'*Intersolaire* accéléra progressivement puis plongea quelques instants plus tard dans l'espace linéaire.

À l'hôpital de bord, Perricone Heublein fut alors victime d'un accès de délire dont les médecins chapeautés par Serenti n'avaient encore jamais vu l'équivalent.

*
* *

La colère initiale de Ribald Corello se mua en une haine féroce lorsqu'il constata que le navire terranien se dirigeait vers un système insignifiant. Nul besoin de sonder l'esprit du major pour savoir ce que cette manœuvre laissait présager : l'officier allait être déposé sur l'unique petite planète du soleil rouge pâle.

Apparemment, les soupçons de ce damné Stellarque s'étant transformés en certitude et il voulait se débarrasser de son dangereux passager.

Le Supermutant fit sortir une console hors du socle du sarcophage, puis il établit le contact avec la centrale. Le visage de Phelps Cherbuliez s'afficha sur l'écran de visualisation.

— Nous avons suivi l'*Intersolaire* jusqu'ici, Tapur, annonça le commandant. Nous attendons vos ordres.

— Silence ! s'écria le monstre à qui le sang montait à la tête.

Il dut maîtriser sa colère pour ne pas supprimer sur-le-champ quelques membres d'équipage.

Cherbuliez blêmit, craignant pour sa vie.

À la recherche d'un signe de résistance, Corello inspecta tous les cerveaux du navire. En vain, car les deux cents marionnettes lui étaient complètement dévouées. Leur fidélité le rassura. Il se vautra sur le matériau souple tapissant le sol, pianotant sur quelques touches de façon anarchique.

Après quelques instants de silence, Cherbuliez osa une question :

— Que devons-nous faire maintenant, Tapur ?

— Nous suivons encore et toujours l'*Intersolaire* parce que nous voulons tuer Perry Rhodan. Sa mort signifiera la division totale et le début du déclin pour l'Humanité en expansion. S'il n'est pas compétent, le successeur potentiel du Stellarque n'aura plus aucune chance d'éviter le chaos. Et comme il n'existe pas de personnalité compétente…

— En cas de réussite, le chemin vous sera grand ouvert, Tapur. Vous pourrez alors réaliser tous vos plans.

— Oui, la Galaxie sera à mes pieds, confia Corello, soudain rêveur. J'érigerai un temple sur l'une des plus belles planètes. Chaque créature intelligente de la Voie Lactée devra le visiter au moins une fois par an et rendre hommage à ma mère. (Il changea brusquement d'attitude, ne voulant pas partager ses chimères avec les individus « normaux ».) Oui, j'ai des ordres pour toi. Approchons-nous à deux années-lumière du système de Goring-Maat, sans nous faire repérer.

Le commandant se réjouissait que son maître ait pris une décision. Tant qu'il était accaparé par quelques problèmes, les membres d'équipage jouissaient d'une paix relative.

— Tout sera fait pour vous contenter, Tapur, assura Cherbuliez.

Corello désactiva l'écran. Il caressa un instant l'idée d'entrer en contact avec une autre section du vaisseau et de tourmenter les hommes présents à leurs postes, mais il s'en abstint : il voulait se concentrer entièrement sur les événements des prochaines heures.

Perricone Heublein était toujours à bord de l'*Intersolaire*. Le monstre pouvait encore espérer tuer Perry Rhodan aussi longtemps que le major porteur de l'hyperbombe ne débarquerait pas de la nef amirale, voire lorsqu'il poserait le pied sur Shishter.

Le Stellarque devait périr et disparaître pour laisser le champ libre au pouvoir du Supermutant.

Il n'y avait place que pour l'un d'eux dans la Galaxie.

— Je le vaincrai, Mère, dit Ribald Corello.

Il eut l'impression d'entendre une douce voix lui répondre : « Oui, tu le vaincras, mon fils ! »

CHAPITRE IV

Deux jours durant, l'*Intersolaire* orbita autour de Shishter sans que rien ne survienne. Ribald Corello, qui observait le navire à distance, se mit à espérer que Perry Rhodan se déciderait trop tard à déposer Heublein sur la planète.

Le vingt-trois janvier, trente heures avant l'instant fatidique, les espoirs du monstre furent déçus car le major quitta le vaisseau amiral avec quatre hommes à bord d'une *Gazelle*. L'officier se défendit avec vigueur et dut être transporté de force dans l'appareil.

Les paramécaniciens Swedenborg, Muno et Luther, ainsi que le docteur Davenant, l'escortèrent pour son dernier vol.

*
* *

Tiraillé entre des sentiments de culpabilité et de soulagement, le Stellarque fixait le point lumineux qui se déplaçait dans le quart inférieur gauche de la galerie panoramique. Peu de temps auparavant, le médecin accompagnateur l'avait avisé qu'Heublein s'était apparemment résigné à son sort. Il s'était assis dans son fauteuil et gardait les yeux fermés.

— Tu ne devrais pas te faire de souci, l'apaisa Atlan. Les quatre chaperons du major sont des spécialistes expérimentés sur qui nous pouvons compter. Ils ne le lâcheront pas une seconde du regard et nous informeront de tout changement éventuel.

Rhodan ne répondit pas, accaparé par ses pensées. Il se demandait s'ils résoudraient un jour cette énigme. L'officier était peut-être réellement malade. Qui pouvait le savoir ? Par mesure de sécurité, il n'avait pas d'autre choix que de l'éloigner du vaisseau amiral.

Le paramécanicien Muno annonça par intercom que l'aviso entamait sa phase d'atterrissage. Les cinq hommes se rendraient ensuite dans la coupole d'habitation prévue à l'origine pour les membres d'équipage de cargos. Comme Shishter ne possédait pas d'atmosphère, ils seraient contraints à chaque sortie d'endosser leur spatiandre.

L'Astromarine Solaire avait le plus souvent possible disséminé ses dépôts sur des mondes désertiques, car ces derniers ne présentaient en général qu'un très minime intérêt pour les peuples pratiquant la navigation spatiale. L'existence de tels entrepôts était extrêmement importante et dispensait les vaisseaux de regagner à chaque fois le Système de Sol pour renouveler leurs stocks. Les responsables des autres empires stellaires avaient eux aussi reconnu l'avantage d'une telle organisation logistique et lorsqu'une planète se prêtait à ces dispositions, il arrivait qu'elle devienne l'objet de querelles.

Les pensées de Rhodan furent distraites par la rematérialisation du mulot-castor, à proximité des pupitres de commande. Lloyd et lui étaient déçus de ne pas avoir pu accompagner Heublein.

L'Émir montra l'écran de visualisation.

— La *Gazelle* s'apprête à atterrir, constata-t-il. Il n'est pas encore trop tard pour me laisser aller sur Shishter. Avec mes facultés télépathiques, je peux immédiatement déceler tout changement d'attitude chez le major. Les paramécaniciens ne sont pas en mesure de le faire, d'autant qu'ils n'ont pas pu emporter la totalité de leur équipement à bord de l'appareil.

— Tu as raison, petit, confirma le Stellarque. Mais je ne veux pas risquer votre vie.

Korom-Khan, qui savait exactement de quoi l'Ilt était capable lorsqu'il s'engageait dans de telles conversations, s'adossa à son fauteuil.

— Que faisons-nous, Monsieur ? se renseigna-t-il. Il n'y a plus rien maintenant qui nous empêche de rentrer chez nous.

— Nous attendons encore quelques jours en orbite autour de la planète. Je veux savoir comment Heublein va se comporter dans son nouvel environnement.

— Un autre vaisseau pourra venir le chercher plus tard, objecta Atlan. Je dois donner raison au colonel. Je ne vois aucun motif pour séjourner plus longtemps par ici.

— Nous restons, conclut Rhodan sur un ton sans appel.

L'Arkonide se demandait si le major était l'unique cause de cette décision. Il soupçonnait son ami de vouloir éluder les problèmes de politique intérieure. Le Stellarque n'avait aucune idée des difficultés qui se profilaient à l'horizon. Pour garantir la sécurité de l'humanité solaire, il voulait conserver le Système Fantôme dans la configuration actuelle. Cela signifiait continuer à limiter la liberté personnelle de chacun de ses habitants, ce dont ils finiraient à la longue par se lasser. Pourtant, dès l'instant où il reviendrait sur la Terre, Perry devrait trancher pour l'une ou l'autre issue. Heublein lui offrait apparemment un bon prétexte : celui de prendre le temps de réfléchir à une troisième solution.

Or, comme le savait Atlan, il n'y en avait pas !

*
* *

— Pauvres fous ! triompha Corello après avoir renoué un bref contact avec l'esprit d'Heublein.

Le Supermutant remarqua avec satisfaction que l'*Intersolaire* orbitait toujours autour de Shishter. Rhodan se croyait en sécurité à seulement cinq mille kilomètres du major !

— Mon pion explosera dans vingt-quatre heures, Mère, annonça le monstre en regardant en direction du cercueil. Le système de Goring-Maat sera totalement arraché à la trame spatio-temporelle stable, et plus rien ne subsistera du vaisseau amiral terranien !

Il s'adossa et ferma les yeux. Il n'avait plus qu'à attendre l'explosion. Ses désirs, qu'il avait auparavant tenus pour irréalisables, allaient enfin s'accomplir.

Il mâchouilla de plaisir et s'abandonna à ses rêves schizophrènes.

*
* *

L'endroit était un volume cubique de huit mètres d'arête. On trouvait d'un côté la salle de bains et les toilettes, de l'autre une petite cuisine. On pouvait contempler le paysage désert de Shishter par plusieurs baies circulaires. Des températures de cent degrés régnaient à l'extérieur, et le sol de couleur brun foncé était sillonné d'innombrables fissures.

Heublein trônait dans un confortable fauteuil, au centre de la pièce. Il n'avait toujours pas touché au gobelet qui se trouvait sur une table près de lui. Totalement apathique, il fixait du regard un point dans le vide.

Manuel Muno préparait le repas. Swedenborg et

Luther jouaient aux échecs, pendant que Davenant se tenait à proximité de la porte et observait le major.

Il ne parvenait pas à comprendre le malade, dont la personnalité semblait être largement partagée et qui manifestait des mouvements d'humeur à intervalles réguliers. Le médecin savait parfaitement que son calme apparent pouvait brusquement se transformer en un accès de peur panique.

Il s'approcha du patient et s'assit à côté de lui.

— Voulez-vous faire une partie d'échecs ?

L'officier était comme figé, sans réaction.

— M'entendez-vous, Perricone Heublein ? Est-ce que vous souffrez ?

L'astronaute hocha la tête sans mot dire.

— Vous n'aurez aucune chance avec lui, Doc ! s'exclama Luther, un homme assez nerveux, de petite taille et aux cheveux noirs. Il me tarde de filer d'ici !

— Comment pouvez-vous dire une telle chose ? répliqua Davenant en sursautant.

— C'est pourtant la stricte vérité ! répondit le paramécanicien en déplaçant sa dame sur une autre case, après quoi il ricana triomphalement en s'adressant à Swedenborg. Échec, mon cher ! Ceci dit, c'est bien vrai, nous serons tous très satisfaits de retourner à bord de l'*Intersolaire*.

Il a raison, pensa le médecin, revenu à la réalité. Il ressentait de la compassion pour Heublein, mais sans pouvoir se débarrasser d'un certain malaise quand il se trouvait à proximité du major. Au pire, ils étaient condamnés à s'occuper de lui pendant quelque temps et à rester confinés dans cette coupole. Naturellement, ils pouvaient endosser leur spatiandre et se rendre au dépôt ou bien profiter de l'aspect plutôt sauvage de l'environnement, mais c'étaient là de bien piètres distractions.

— Je n'ai pas besoin de vous, déclara brusquement l'officier. Vous pouvez repartir avec la *Gazelle*. Elle est prête à appareiller sur l'aire d'atterrissage.

Les doigts de Swedenborg, assurément déconcerté, heurtèrent son roi qui se renversa et se mit à rouler sur le plateau.

— N'écoutez pas Luther. C'est un bon joueur d'échecs, mais un psychologue de pacotille.

— La psychologie est une question de circonstances, rétorqua le paramécanicien, quelque peu énervé. C'est facile de pratiquer ce genre d'analyse quand on a le derrière dans un fauteuil, et plutôt coton si on a les fesses sur un baril de poudre dont la mèche est déjà enflammée.

— Un bon spécialiste travaille aussi bien dans des conditions favorables que dans des mauvaises, lança Muno.

— Vous feriez mieux de vous occuper exclusivement de notre repas. On discute avec plus d'entrain l'estomac plein !

Perricone Heublein sursauta avec une telle vivacité que Davenant recula d'un pas.

— Disparaissez ! Pourquoi êtes-vous encore ici ? Partez avant qu'il ne soit trop tard, hurla le major en se jetant à terre et en martelant le sol de ses poings.

Luther saisit un paralysateur et le dirigea sur le malade. Le docteur bondit et abaissa l'arme.

— Pas de ça ! Si nous le neutralisons, nous ne pourrons plus tester ses réactions.

— Il a raison, approuva Swedenborg.

Le médecin se pencha et réussit à remettre l'officier sur ses jambes. Les yeux du malheureux jaillissaient presque de leurs orbites et de l'écume s'était formée sur ses lèvres.

— C'est Corello ! lança-t-il, le corps parcouru de

convulsions. Ne le voyez-vous pas ? Il cherche à s'emparer de nous pour nous tuer.

— Le monstre n'est pas ici, major, le rassura Davenant.

— En êtes-vous sûr ? demanda le paramécanicien, le radiant toujours à la main.

Le docteur se contenta de tenter de tranquilliser Heublein. Puis, avec Swedenborg, il le mena jusqu'à un lit où ils ne furent pas trop de deux pour l'attacher.

— Ça ne me plaît pas ! fit remarquer Luther. Si ça continue ainsi plusieurs semaines, nous allons tous devenir fous !

Il n'a pas vraiment tort, admit Davenant.

Les premières crises se profilaient déjà. Il n'était pas bon que des hommes restent claquemurés dans un espace restreint en de telles circonstances. Malgré un paysage extérieur peu engageant, ils devraient effectuer des sorties afin de détendre l'atmosphère.

Le médecin ne pouvait pas encore pressentir que le problème allait se résoudre de façon bien macabre…

*
**

Perry Rhodan tournait en rond depuis quatre heures dans sa cabine lorsqu'il fut rappelé au poste central. Même dans le confinement rassurant de ses quartiers, il n'avait pu trouver le repos. Le problème de l'humanité solaire isolée du reste de la Galaxie le préoccupait tout autant que la maladie de Perricone Heublein.

— Le docteur Davenant voudrait vous parler, annonça le colonel Korom-Khan. Le major Freyer a déjà basculé la liaison sur votre récepteur.

Le Stellarque acquiesça et prit place dans son fauteuil. À un demi-mètre au-dessus de lui se trouvait un écran 3D-vidéo sur lequel s'afficha le médecin. Il avait l'air soucieux. Rhodan tenta en vain de distinguer le major, mais celui-ci n'était pas dans le champ de la caméra.

Il pressa la touche d'émission et fit un geste.

— Bonjour, Doc ! Quoi de neuf ?

— Le comportement de notre homme ne me plaît pas. Il est plus anxieux que jamais. L'accès de délire qu'il traverse en ce moment ne semble pas vouloir cesser.

— Tient-il des propos cohérents ?

Davenant hésita un instant avant de hausser les épaules.

— Il ne veut plus de nous. Il nous implore de quitter Shishter.

— A-t-il peur ?

— Moins pour lui que pour nous, déclara le médecin. On dirait que nous nous trouvons juste avant la crise décisive. Il parle sans arrêt d'une catastrophe, mais sans en dire davantage.

Le Stellarque réfléchit un instant et s'imagina dans la situation des hommes isolés à l'intérieur de la coupole.

— Si vous jugez opportun de quitter Shishter, je ne vous en tiendrai pas rigueur, Doc.

— Je le sais, Monsieur, mais je crois que nous devons rester avec le major. Il serait totalement désarmé sans nous.

Rhodan remarqua que Davenant avait l'air démoralisé par quelque chose dont il ne voulait apparemment pas discuter.

— Avez-vous besoin de soutien, Doc ?

— Non, Monsieur. J'aimerais vous faire une proposition qui vous surprendra peut-être, car elle est difficile à comprendre pour quelqu'un qui n'est pas sur place.

— Dites-le quand même !

— Retirez-vous avec l'*Intersolaire* dans l'espace extérieur, insista le praticien. Je ne peux pas me débarrasser de l'idée qu'une catastrophe va arriver. Les autres également. Ne vous moquez pas, Monsieur. Nous avons le malade sous nos yeux.

— Je vais y réfléchir, Doc. Merci !

Le Stellarque bascula l'intercom sur l'hôpital de bord afin que le médecin puisse transmettre son rapport au professeur Serenti.

— Cet avertissement vous fera-t-il vous décider pour que nous nous retirions du système de Goring-Maat, Monsieur ? voulut savoir Korom-Khan.

Absorbé dans ses pensées, Rhodan fixait le Pakistanais. Si Davenant se faisait du souci, ce n'était sûrement pas sans raison car il était parfaitement objectif et factuel. Par ailleurs, en se retirant immédiatement, ils pouvaient être de retour sur les lieux dans un très bref délai.

— Nous partons d'ici, colonel, trancha-t-il.

L'officier avait anticipé l'ordre du Stellarque, car il avait déjà coiffé la résille T.R.E.S. et activé les blocs-propulsion vers lesquels affluaient d'énormes quantités d'énergie délivrées par les convertisseurs. Le vaisseau amiral se mit à vibrer puis, à vitesse semi-luminique, il s'éloigna de la planète Shishter et s'enfonça dans l'espace interstellaire.

*
* *

— *Cherbuliez !*

L'appel télépathique de Corello retentit comme un cri assourdissant dans l'esprit du commandant.

L'homme tressaillit et agrippa machinalement les accoudoirs de son fauteuil. Tandis qu'il attendait l'ordre du Supermutant, son regard se posa sur les installations de détection. Il devinait la raison de l'irritation du monstre. Le vaisseau amiral terranien s'écartait du système de Goring-Maat depuis quelques minutes, mais il n'avait pas encore franchi les limites de la zone dangereuse.

— *Viens tout de suite dans ma cabine !*

Cherbuliez sursauta et céda sa place à son second. Il s'élança en courant vers la sortie, bondit dans le puits antigrav et pénétra peu de temps après dans les appartements du monstre.

Corello s'était redressé, avait déployé l'appui-tête équipant l'unité dorsale de sa combinaison dorée et se tenait contre la paroi avant du sarcophage, scrutant son visiteur. Habitué à discerner les humeurs de son maître, le commandant se mit à craindre pour sa vie en remarquant que les menottes enfantines du mutant s'ouvraient et se refermaient avec impatience.

Il s'agenouilla devant la Châsse et baissa la tête. Il savait par expérience qu'une attitude de soumission était le meilleur moyen pour empêcher Corello de prendre des mesures irréfléchies.

*L'*Intersolaire *a quitté son orbite circumplanétaire, et le major va exploser dans à peine une demi-heure ! Cela signifie que le navire de Rhodan ne sera peut-être pas hors de portée à l'instant décisif…*

Telles des flèches de feu, les pensées du monstre pénétraient dans le cerveau de Cherbuliez.

— Que devons-nous faire, Tapur ? demanda-t-il.

— Une catastrophe d'une ampleur inimaginable va affecter le secteur spatial de Goring-Maat, résonna la voix de Corello dans les haut-parleurs extérieurs du sarcophage. Une série d'incidents devrait éclater dans le vaisseau amiral, même si le Stellarque de Sol croit actuellement voler vers la sécurité. Une surprise totale régnera parmi l'équipage, aussi profiterons-nous de cette confusion.

— Oui, Tapur.

— Nous suivons la nef terranienne, toujours à distance constante. Il nous sera plus facile de nous en rapprocher lorsque l'explosion se sera produite, vu le chaos qui sévira à bord. Car l'énergie libérée détruira vraisemblablement la majeure partie de leurs appareils de détection !

— Attaquerons-nous l'*Intersolaire*, Tapur ? ajouta Cherbuliez.

— Oui, mais avec mes armes à moi. Ce que j'ai commencé, je veux le mener à terme. Perry Rhodan mourra d'une manière ou d'une autre, à moi de la choisir !

Le commandant ressentait la froide détermination du Supermutant. Il sut qu'il en était quitte pour cette fois-ci, et il ressortit de la cabine avec humilité. Ribald Corello lui avait pardonné.

Quelques instants après, un rire perçant et sinistre résonna dans tous les haut-parleurs du navire.

*
* *

Swedenborg et Luther avaient commencé une nouvelle partie d'échecs, tandis que Muno prenait des notes. Pour Davenant, le temps s'égrenait avec une lenteur exaspérante. Il était assis à côté d'Heublein, attaché sur son lit, et l'observait. Le malade gémissait par moments et se pressait les mains contre l'estomac. Un calmant lui avait été administré, mais il n'avait guère eu d'effet jusqu'à présent.

Le médecin était satisfait que l'*Intersolaire* ait quitté l'orbite de Shishter, car un sentiment indéfinissable le taraudait à propos des heures à venir. Généralement, il n'avait pas de prémonitions mais, cette fois-ci, il se sentait perdu malgré la présence des trois paramécaniciens. L'horreur le saisit à nouveau lorsque le major balbutia le nom de Corello et murmura des menaces incompréhensibles. Davenant épongeait sans cesse le front trempé de sueur d'Heublein, et donnait à boire au malheureux. Il ne pouvait rien faire de plus. Son impuissance le tourmentait plus que tout autre chose. Malgré sa conscience professionnelle, tous ses efforts avaient échoué.

Muno referma son journal intime et s'adossa au fauteuil. D'un regard, il constata que l'état de l'officier restait inchangé. Il se leva et se dirigea vers la cuisine pour se préparer un café. Celui qui n'avait qu'une vague connaissance de la personnalité de Manuel pouvait croire que le paramécanicien s'intéressait uniquement aux plaisirs gastronomiques. En réalité, cet expert éminent ne se targuait jamais de ses aptitudes remarquables.

Des trois, c'était lui que Davenant estimait le plus. En revanche, il appréciait moins Luther qui, bien qu'étant le plus intelligent du trio, avait un comportement beaucoup moins chaleureux.

Aux yeux des non initiés, le calme et pacifique Swedenborg avait davantage l'allure d'un fermier que d'un scientifique. Se quereller avec lui était *a priori* invraisemblable, mais Davenant savait d'expérience que tout était possible, à la longue.

Il se demandait d'ailleurs pourquoi il se préoccupait à ce point de ses camarades. La réciproque était-elle vraie ? Swedenborg était entièrement absorbé par le jeu tandis que Luther lançait sans arrêt des regards furtifs dans toutes les directions. Rien n'avait l'air de lui échapper.

Tout à coup, un bruit de gargouillis jaillit du corps

d'Heublein. Tous ses muscles se tendirent. Craignant que les sangles de contention ne lâchent, Davenant se pencha sur le lit du malade pour les vérifier.

C'est alors que le major explosa… Le médecin, quant à lui, ne sentit absolument rien.

Il cessa tout simplement d'exister.

*
* *

Les dix grammes de matière psi condensée, cristallisation d'une quantité incommensurable d'énergie quintidimensionnelle, cherchaient un chemin vers ailleurs. Soudain privée de sa stabilité, la couche mince couvrant une zone de la largeur d'une main, sur la muqueuse intestinale d'Heublein, obéissait à l'impulsion qui lui commandait de revenir à son état primordial et il s'ensuivit une réaction qui affecta la constante énergétique du continuum einsteinien.

Les forces libérées pouvaient seulement se comparer à celles déchaînées par une supernova. Deux plans d'existence se télescopèrent littéralement. Le flux psionique en pleine expansion, à vingt fois la vitesse de la lumière, était beaucoup plus fort que les tenseurs de la trame quadridimensionnelle. Même Ribald Corello n'avait pas prévu ce qui survint alors : presque la moitié des atomes et corpuscules constituant le système de Goring-Maat se dématérialisèrent. L'explosion originelle fut suivie par une multitude d'autres. La stabilité du continuum einsteinien n'était plus assurée. Des hyperdécharges se produisaient là où les deux plans d'existence soudain mis en présence se percutaient.

Shishter devint en quelques secondes une sphère aveuglante de couleur rouge vif. Son soleil tutélaire resta épargné par le monstrueux processus, mais il se dilata et commença à se transformer en nova. Des colonnes de gaz de plusieurs millions de kilomètres de hauteur jaillirent de la chromosphère de l'astre.

En peu de temps, tous les détecteurs de structure à bord de l'*Intersolaire* furent détruits. Des écrans de visualisation volèrent en éclats, des systèmes de contrôle affichèrent des valeurs complètement aberrantes. Une violente secousse ébranla le vaisseau. Abasourdis, les hommes en poste sur la passerelle contemplèrent les moniteurs sur lesquels s'offrait à leurs yeux un drame jamais observé à ce jour. Les autres membres d'équipage en service dans toutes les sections de la nef amirale, privés de la possibilité de voir ce qui se passait à l'extérieur, cessèrent leur travail et échangèrent des regards interrogateurs. Même eux se doutaient qu'une catastrophe s'était produite.

Dans la centrale de commandement, les émo-astronautes coiffèrent leur résille T.R.E.S.

Ce fut la voix du major Ataro Kusumi, chef de la détection, qui brisa le silence paralysant.

— Shishter a explosé sous l'effet d'une forme d'énergie jusqu'ici inconnue, Monsieur.

— Merci, répondit Rhodan. Nous l'avions remarqué !

Le sarcasme de ses paroles tira définitivement les hommes de leur torpeur. Ils parlèrent tous d'un seul coup, se livrant à toutes sortes de suppositions.

Le Stellarque s'adressa aussitôt à l'équipage :

— La planète a cessé d'exister pour des raisons encore ignorées. L'*Intersolaire* est à présent assez éloigné du système de Goring-Maat pour ne rien avoir à craindre. Il faut par conséquent s'occuper des dégâts causés par le phénomène. Les officiers responsables doivent faire effectuer les réparations aussi vite que possible.

Alaska Saedelaere s'avança sur la passerelle, accompagné de quelques scientifiques. Du fait des récents événements, nul ne semblait plus prêter attention à l'homme au masque.

Ahaspere, le physicien en chef, exprima le premier ce que chacun pensait tout bas.

— Je suppose qu'Heublein est à l'origine de cette explosion, dit-il. Ribald Corello a réussi d'une façon ou d'une autre à transformer le commandant de l'*Atlanta* en une bombe vivante.

Rhodan sentit que ses mains tremblaient. C'était chez lui une réaction inhabituelle. Il songea aux conséquences de la catastrophe si elle s'était produite sur Mimas. Si le major s'était trouvé dans le Système Solaire, la Terre ne serait maintenant plus qu'un nuage de gaz…

— J'aurais juré que notre ami n'était pas sous influence, déclara Lloyd en hochant la tête. Avec L'Émir, nous l'avions examiné plusieurs fois sans déceler le moindre indice d'un contrôle mental.

Atlan posa la main sur l'épaule du télépathe.

— Vous avez été abusés par le plan diabolique du Supermutant, Fellmer. Seul le corps d'Heublein a été modifié, pas son esprit.

— Une forme étrangère d'énergie concentrée… murmura Ahaspere, très impressionné. Pour moi, c'est une énigme.

— Nous savons que Corello possède les mêmes facultés qu'un transmetteur fictif, rappela le Stellarque. Il a dû les employer pour implanter une substance explosive spéciale dans le corps d'Heublein, et à un endroit que nous ne pouvions pas découvrir.

Korom-Khan eut un frisson rétrospectif.

— Je m'en voudrai encore longtemps de vous avoir incité à rallier la Terre ! Nous avons eu une double chance. La première, de ne pas avoir regagné le

Système Solaire ; la seconde, de nous être décidés à quitter les parages de Goring-Maat.

Perry Rhodan saisit tout à coup qu'il n'aurait jamais assez de reconnaissance pour le major, dont la conduite bizarre avait cessé d'être un mystère et qui avait en permanence tenté – malgré ses malaises – d'exprimer oralement ses pressentiments confus. Si Perricone Heublein ne les avait pas avertis, le plan de Corello aurait réussi…

Le Stellarque regrettait profondément de ne pouvoir remercier le malheureux dont il ne subsistait aucun doute sur la mort, ni non plus sur celle de ses quatre compagnons. Il espérait qu'ils avaient bénéficié d'une fin rapide et sans souffrance, comme l'ampleur de la catastrophe le laissait d'ailleurs supposer. Les cinq hommes étaient maintenant une composante de la frange instable séparant l'énergie psionique quintidimensionnelle et la constante spatio-temporelle du continuum einsteinien.

— Là !

L'interjection d'Ahaspere attira l'attention de tous sur les écrans de la détection. Quelques éléments des senseurs spéciaux avaient surmonté le choc sans dommage et fonctionnaient encore. Les techniciens et les robots s'employaient déjà à réparer les autres dégâts.

Rhodan vit immédiatement ce qui avait causé la stupeur du physicien en chef.

Shishter était animée de pulsations.

Elle sembla se dématérialiser pendant quelques secondes, devenant transparente et enflant comme une sphère géante jusqu'à atteindre dix à douze fois sa taille originelle. Puis elle s'effondra sur elle-même et recouvra sa stabilité matérielle, donnant presque l'impression que tout était comme avant. Et le processus se répéta à l'identique, à intervalles réguliers.

— Ça, c'est un sacré phénomène ! lâcha Ahaspere sans se donner la peine de cacher son étonnement. Nous n'apprendrons sans doute jamais tous les détails de ce qui se déroule sur la planète…

— À présent, je crois que nous pouvons nous approcher du système de Goring-Maat pour effectuer des mesures plus précises. Ce qui devrait faire plaisir à nos scientifiques !

Elas Korom-Khan coiffa la résille T.R.E.S. et ordonna :

— Activez l'écran S.H. !

Si le navire devait naviguer dans ce véritable chaudron de sorcière, son commandant voulait prendre toutes les mesures de sécurité nécessaires.

L'*Intersolaire* accéléra. Les systèmes d'alarme couplés aux appareils de détection hurlèrent un peu plus tard. Des témoins rouges vif flamboyèrent sur les panneaux de contrôle.

— Contact ! s'écria le colonel.

Une nef étrangère se mouvait quelque part dans ce chaos hyperénergétique. Et elle fonçait droit sur le vaisseau amiral terranien.

CHAPITRE V

Comme créée par des mains invisibles, une ouverture se dessina dans le revêtement souple du fond du sarcophage. Allongé à proximité de l'orifice, Corello attendait avec impatience l'émersion d'une tige surmontée d'une petite coupe dans laquelle reposait une sphère de cinq centimètres de diamètre. Un léger coup suffit pour la faire tomber sur le matériau moelleux ; puis les mécanismes extrêmement sophistiqués du socle colmatèrent le passage, suite à un ordre mental du Supermutant.

Celui-ci observa le petit engin qu'il avait choisi comme arme contre l'*Intersolaire*. Il s'agissait d'une émo-bombe de vingt-cinq kilos. C'était le poids maximal qu'il pouvait expédier grâce à ses facultés transmettrices.

Le monstre vérifia le fonctionnement du dispositif. Il modifia quelques détails de sa programmation, car il voulait être certain de son efficacité absolue. C'était la partie la plus aisée de la tâche qu'il s'était assignée. Beaucoup plus difficile serait de faire surgir l'artifice à bord du vaisseau amiral. Pour cela, Corello devait d'abord forcer l'écran S.H., puis trouver un endroit où dissimuler la microsphère.

Tout en se concentrant sur l'engin psycho-inducteur, il sonda les pensées de Cherbuliez pour s'informer précisément des manœuvres de la nef terranienne. Ils s'en approchaient très rapidement, mais espéraient pouvoir s'immobiliser sans se faire repérer à trois cent mille kilomètres de leur objectif. Le Supermutant voulait profiter de cette distance relativement courte pour transférer l'émo-bombe en opérant à la façon d'un transmetteur fictif, tout en neutralisant le bouclier à surcharge de haute énergie de l'ultracroiseur.

Corello savait qu'il serait totalement épuisé après cela. Il était donc essentiel que le commandant de son navire ne commette aucune erreur. Cherbuliez avait été informé en long et en large, plusieurs fois de suite, à ce sujet. Un certain risque n'était néanmoins pas à exclure. Mais à lui seul, l'objectif de la mission justifiait tous les efforts.

Malgré son esprit schizophrène, le monstre ne se surestimait jamais. Il était à même de déterminer tout danger susceptible de menacer l'exécution de ses plans.

Il se déconnecta du cerveau de son esclave et se concentra exclusivement sur l'*Intersolaire*. Sa connaissance de l'agencement interne d'un énorme vaisseau de ce type lui facilita la tâche. Il voulait déposer l'engin dans le système de renouvellement en air frais qui ventilait une chambre frigorifique. Une qui précisément n'était pas en service, d'après les résultats des véritables enquêtes parapsychiques qu'il avait menées en sondant à distance les intellects des passagers les mieux renseignés de la nef du Stellarque.

Trouver la bombe ne serait pas chose facile, même si les cinq mille membres d'équipage devaient tous participer aux investigations. Il existait d'innombrables cachettes à l'intérieur d'un ultracroiseur de deux mille cinq cents mètres de diamètre. De toute manière, le Supermutant doutait que des recherches à grande échelle puissent être entreprises, car avant même que

Perry Rhodan ait pu donner les ordres correspondants, tous les humains à bord du géant spatial terranien seraient devenus les marionnettes de Ribald Corello.

*
* *

Les mouvements des deux émo-astronautes se figèrent et leur regard adopta soudain une fixité extrême. Les alarmes réagirent lorsque l'écran S.H. perdit sa stabilité sur une superficie de cent mètres carrés.

À une vitesse quasi luminique, les impulsions mentales de Korom-Khan et de Senco Ahrat filèrent jusqu'à l'unité de régulation énergétique voulue. L'alimentation du bouclier s'intensifia aussitôt.

Perry Rhodan alerta simultanément la centrale de tir. Des annonces arrivaient sans cesse de la détection et étaient directement relayées aux résilles T.R.E.S. du commandant et de son adjoint, qui pouvaient d'emblée prendre les mesures adéquates.

Dix secondes après que les deux pilotes eurent réagi, les autres hommes face aux consoles de contrôle s'activèrent. La zone affectée reçut un nouveau surplus de puissance, et les générateurs de secours montèrent en régime à leur tour. Le combat silencieux et inquiétant commençait, entre deux énergies antagonistes.

— Le navire étranger ralentit ! annonça le major Kusumi.

Vingt secondes s'étaient déjà écoulées depuis le début de l'offensive sur l'écran S.H.

— C'est Corello ! s'écria Atlan. Je suppose qu'il s'attaque au bouclier avec ses forces parapsychiques !

Un pli d'incrédulité barrait le front de Perry Rhodan.

— Mais par quelle diablerie, enfin ? Sa nef est beaucoup trop éloignée pour inquiéter l'*Intersolaire*.

— N'oublie pas que c'est un véritable transmetteur

fictif, lui rappela son ami. Si nous n'y prenons garde, il va rematérialiser une bombe directement dans le vaisseau !

— Sur cette distance ? (Le Terranien secoua la tête, incrédule.) C'est inimaginable !

Le Stellarque sentit la tension se relâcher autour de lui. L'écran S.H. ne montrait plus aucun signe d'instabilité.

Korom-Khan frappa trois fois contre sa résille T.R.E.S., comme pour conjurer le sort.

— Tout est en ordre ! annonça-t-il, soulagé.

— L'étranger se retire ! informa la détection.

— Je me demande à quoi rimait cette manœuvre. (L'Arkonide se leva et se mit à faire les cent pas, l'air anxieux.) J'ai un sentiment de malaise. Nous ne devons pas sous-estimer Corello.

Tout en parlant, il balaya du regard le voisinage et remarqua que les gestes des hommes paraissaient hésitants. Les servants avaient certes posé les mains sur les commandes de leurs pupitres, mais ils s'étaient ressaisis juste avant de les actionner.

Tournant la tête, Atlan constata immédiatement que Perry nourrissait les mêmes soupçons que lui.

— Des ondes hypnosuggestives ! s'exclama le Terranien. Vite ! Il faut activer l'écran paratronique !

Il n'y avait que six psychostablisés à bord de l'*Intersolaire* : le mulot-castor, Ras Tschubaï, Fellmer Lloyd, l'Arkonide, Alaska Saedelaere et Rhodan lui-même. Eux seuls étaient capables de résister à la vague parapsychique. Le comportement encore indécis des membres d'équipage révélait que l'influence demeurait faible. Corello ne semblait pas en mesure de pénétrer totalement le bouclier S.H., mais cela pouvait changer d'un instant à l'autre.

Tout à ses réflexions, Perry avait déjà atteint le panneau principal de contrôle, suivi par l'Arkonide et l'homme au masque. Les trois mutants étaient également entrés dans la danse. Grâce à leurs facultés spéciales, L'Émir et Tschubaï se téléportaient d'un pupitre à l'autre et, à eux deux, remplaçaient plusieurs personnes à la fois.

Dans les entrailles du vaisseau amiral, d'énormes convertisseurs s'activèrent et libérèrent des flux incommensurables d'énergie vers les projecteurs paratroniques. L'écran se dressa instantanément.

Reculant d'un pas, le Stellarque constata avec soulagement que les hommes présents dans la centrale retrouvaient un comportement normal. Ils ne semblaient garder aucune trace de l'intense combat dont leur cerveau avait été le siège quelques minutes plus tôt.

— Nous avons réussi ! Le Supermutant est incapable de percer le champ paratronique.

Le colonel Korom-Khan ôta de son crâne la résille T.R.E.S. et regarda tout autour de lui, désorienté. Il s'essuya le front comme pour évacuer la pression qui pesait encore dans sa tête.

— Que s'est-il passé ? murmura-t-il.

Rhodan le lui expliqua puis, s'adressant aux membres d'équipage, il décrivit les événements et rassura ses gens en quelques mots bien choisis. Il se tourna ensuite vers Alaska Saedelaere.

— Je vous ai observé tout à l'heure, quand vous vous êtes installé à un des pupitres de commande. D'où tenez-vous cette expérience, que seuls possèdent les officiers astrogateurs ?

L'agent de la Défense était resté planté devant la console, les épaules tombantes. La faible lumière des témoins se reflétait sur la surface polie de son masque.

— Je ne peux pas l'expliquer, Monsieur. J'ai fait ce qui m'a semblait approprié, c'est tout !

— Bon, d'accord, déclara le Stellarque, bien décidé à creuser plus tard ce problème car mieux valait se soucier du futur immédiat. Je crois que le danger est écarté. Nous pouvons donc réfléchir quelques heures dans la sérénité à nos prochaines actions.

Comment eût-il pu deviner que le répit serait de très courte durée ?

***

Le monstre gisait dans son sarcophage. À bout de souffle, il était si harassé qu'il luttait à grand-peine pour ne pas s'évanouir. Malgré son malaise, il éprouvait une satisfaction profonde. Il avait atteint son but, l'émo-bombe était cachée à bord de l'*Intersolaire* et pouvait être déclenchée par le biais d'une simple impulsion psi.

La diversion de Corello avait parfaitement fonctionné. Ses rares adversaires psychostabilisés s'étaient focalisés sur la défense contre le stratagème parapsychique, laissant l'engin opérationnel surgir ni vu ni connu à l'endroit voulu dans le vaisseau terranien.

Le Supermutant gazouilla de satisfaction. Ses menottes boursouflées tressaillirent. À l'aide de ses dernières forces, il activa plusieurs appareils dissimulés dans le socle du sarcophage. Des microsystèmes de massage se déployèrent vers le haut et entourèrent le corps si fragile. Des vaporisateurs aux buses microniques jaillit une brumisation liquide qui se répandit comme de la rosée sur sa combinaison, diffusant un parfum agréable chargé d'hormones stimulantes.

Une voix féminine enregistrée se mit à parler, susurrant des mots tendres aux oreilles de Corello qui ferma les yeux et s'abandonna à ses fantasmes inassouvis. Ce traitement lui permettait de récupérer très rapidement.

Il savait pouvoir s'accorder cette détente, car il avait réussi à poser la première pierre du chemin conduisant à la victoire. Cherbuliez devait à présent se maintenir dans le sillage de l'*Intersolaire* afin que le monstre puisse amorcer l'émo-bombe à l'instant voulu.

Dans une vision exaltée, le Supermutant se représenta son futur règne. Il dominerait un empire d'une taille immense, où chaque créature obéirait à ses ordres. Tous les intelligences qui le peupleraient ne vivraient que dans le but de vénérer sa mère et de lui offrir des sacrifices.

Gevoreny Tatstun se verrait consacrer un temple comme jamais un être humain n'en avait possédé avant elle.

CHAPITRE VI

En un éclair, les mécanismes extrêmement sophistiqués de l'émo-bombe entrèrent en action et se mirent à répandre les ondes hypnosuggestives préenregistrées par Corello, amplifiées d'un facteur mille, pour submerger les membres d'équipage de l'*Intersolaire*. Six personnes seulement résistèrent aux injonctions impérieuses de l'engin, comprenant leur sens sans tomber pour autant sous influence.

Tuez Perry Rhodan et ses amis psychostabilisés ! intima le premier ordre, répété plusieurs fois.

Le Stellarque considéra tout de même avec quelque étonnement l'ingénieur en chef qui dégainait son arme. Nemus Cavalsi, ordinairement plein d'humour et de sensibilité, le fusillait d'un regard chargé de haine.

— Sortons ! s'écria Perry.

S'élançant à la course, il vit du coin de l'œil qu'Elas Korom-Khan et Senco Ahrat se débarrassaient de leur résille T.R.E.S. pour se joindre à la chasse. La vitesse de réaction des hommes présents sur la passerelle prouvait que pour le Supermutant, l'heure n'était plus à l'attaque de faible envergure. Tous étaient entièrement conditionnés par la puissance de sa contrainte mentale.

Mais ce fut une chance pour Rhodan que les influencés se comportent malgré tout plus lentement qu'à l'ordinaire. Il atteignit l'une des sorties avant même que le premier coup de feu ne soit tiré. L'Émir s'était déjà téléporté avec Lloyd, tout comme Ras Tschubaï avec Atlan.

Atterrissez sur Shishter ! enjoignit le second ordre.

Le Stellarque grinça des dents. Corello voulait-il détruire le vaisseau amiral ? La planète se transformait à intervalles réguliers en un enfer de lave. La nef ne l'atteindrait probablement jamais, car elle exploserait quand son écran paratronique entrerait en collision avec l'énergie psionique déchaînée.

Posez-vous sur Shishter !

Rhodan réalisa soudain qu'ils avaient oublié Alaska Saedelaere dans le poste central. En tant que psychostabilisé, l'agent spécial était lui aussi exposé à un danger mortel. Faire demi-tour était cependant impossible car l'approche bruyante des poursuivants se faisait déjà entendre.

Le mulot-castor surgit à côté du Terranien qui lui prit le bras, puis ils se dématérialisèrent avant que les premiers impacts n'endommagent le sol à l'endroit même où ils s'étaient tenus.

— On a eu chaud aux moustaches ! haleta l'Ilt en réapparaissant dans un dépôt. Atlan et les deux autres se cachent entre les conteneurs.

— Bon sang, Saedelaere ! (Perry empoigna l'Ilt par le bras.) Il faut s'occuper de lui ! Téléporte-toi sur la passerelle pour savoir où il en est. La dernière fois que je l'ai vu, il était planté devant la table des cartes, près de la positronique…

Il parlait encore que le mulot-castor s'était déjà évanoui.

— On nous découvrira vite ! apostropha-t-il l'Arkonide. Nous n'avons aucune chance de nous échapper si cinq mille membres d'équipage nous traquent.

Le Lord-Amiral émergea d'entre les piles d'emballages, apparemment remis de sa surprise initiale.

— L'Émir a barré les accès à cette salle grâce à ses facultés télékinésiques, dit-il. On les aurait soudés que ça ne serait pas mieux. Nous y gagnerons un sursis, avant qu'ils arrivent jusqu'à nous. Et après, nous aurons tout le temps de prendre la fuite.

Atterrissez sur Shishter !

— Tout cela est absurde ! cracha Rhodan en serrant les poings. Ce monstre envoie cinq mille personnes à la mort !

— Je suppose que Corello a expédié une bombe psi quelque part dans l'*Intersolaire.* Seuls, nous ne dénicherons pas cet engin diabolique. Nous devons donc imaginer quelque chose qui crée des difficultés à notre adversaire.

— Pour l'instant, c'est plutôt lui qui nous en cause, déclara Fellmer Lloyd, sarcastique. Et il semble que nous ne soyons pas près de lui rendre la monnaie de sa pièce.

— Attendons, assura Rhodan, confiant. Tant qu'il y a de la vie, il y a de l'espoir.

— Devrons-nous nous défendre contre les influencés s'ils nous poussent dans nos retranchements ? s'inquiéta Ras Tschubaï.

Voici une question pertinente ! Le chef de l'Empire Solaire ne se berçait pas d'illusions. Les nouvelles marionnettes du Supermutant feraient usage de leurs armes aussitôt qu'elles apercevraient l'un des psychostabilisés.

— Si nous ne pouvons agir autrement, il nous faudra combattre. Si nous sommes tués, les membres d'équipage de ce vaisseau n'auront plus la moindre chance de survie. Nous devons à tout prix briser la puissance maléfique de Corello.

Une violente secousse ébranla fortement la nef terranienne, puis un silence de sinistre augure s'installa.

— Qu'est-ce que c'était ? s'inquiéta Tschubaï.

— Il se peut que nous ayons heurté le nuage d'énergie étrangère, répondit le Stellarque. Bizarre, je m'étais imaginé bien pires les conséquences d'une telle collision.

— Je crois plutôt que le Supermutant nous a canardés avec toutes les batteries de son navire, lança Fellmer Lloyd.

Rhodan n'était pas de cet avis. À quoi bon ouvrir le feu ? Il suffisait à l'ennemi de donner les ordres idoines pour que les occupants de l'*Intersolaire* détruisent eux-mêmes leur vaisseau…

L'Émir se rematérialisa avec l'agent spécial, sain et sauf.

— Alaska ! Je craignais qu'on vous ait coupé le chemin de la retraite.

— C'était bien le cas, Monsieur, répondit Saedelaere, impassible. Lorsque j'ai compris qu'il était inutile de vouloir m'enfuir, j'ai joué le parfait esclave mental. Comme pratiquement personne à bord ne sait que je suis psychostabilisé, j'ai réussi sans peine à tromper les gens présents au poste central.

Pour le Stellarque, un tel sang-froid était admirable.

— J'ai profité de l'occasion pour faire quelques observations, ajouta l'homme au masque. L'*Intersolaire* se dirige droit sur Shishter, comme Corello l'a ordonné. Korom-Khan et Ahrat ont recoiffé leur résille T.R.E.S. pour piloter le vaisseau sur le cap voulu.

— Savez-vous ce qui a provoqué la secousse ?

L'artefact de plastique bougea une fraction de seconde, durant laquelle le Stellarque crut entrevoir en dessous quelque chose de vraiment insolite.

— Nous avons heurté les derniers fronts de la déferlante énergétique, si je puis dire, déclara Alaska. La majeure partie de ce flux s'est dispersée dans l'hyperespace sous forme d'un violent éclair lumineux. Les conditions qui règnent dans le système de Goring-Maat se sont à peu près stabilisées. J'ai pu le constater avant que L'Émir ne vienne me chercher.

— Il existe donc une chance pour nous d'atterrir sur Shishter, conclut Atlan. Je suis maintenant convaincu que le Supermutant avait prévu ce scénario et qu'il mène le jeu selon un plan préétabli. Il ne veut pas détruire l'*Intersolaire*, car il le considère comme un renfort idéal pour sa flotte.

Rhodan réfléchit à leur situation. S'engager dans une lutte ouverte contre les membres d'équipage influencés les conduirait à leur propre perte. Un conflit de ce genre entraînerait de nombreuses victimes, et cela, le Stellarque voulait à tout prix l'éviter.

— La nef de Corello doit se trouver dans les parages, dit-il. Pour accroître son contrôle hypnosuggestif, il est obligé de se risquer à portée de nos batteries.

Atlan fronça les sourcils.

— Je devine tes intentions, Barbare ! Si nous réussissons à investir la centrale de tir, nous pourrons peut-être attaquer le vaisseau adverse.

— En tout cas, nous devrions au moins essayer. Après tout, nous n'avons rien à…

Une explosion l'interrompit tout net. Il regarda en direction de l'entrée. Un des vantaux venait d'être projeté dans la salle par l'onde de choc, et un groupe d'hommes en armes pénétrait par l'ouverture.

— Ils nous ont découverts ! s'écria Fellmer Lloyd.

*
* *

Le triomphe naissant galvanisait Corello. Il n'était pourtant pas encore en mesure de se remettre debout dans son sarcophage. Plusieurs heures seraient nécessaires avant qu'il ne recouvre totalement ses forces. Après avoir pris sous sa férule les occupants de l'ultracroiseur par l'intermédiaire de l'émo-bombe conditionnante, il avait caressé un certain temps l'idée de détruire le vaisseau amiral de l'Astromarine Solaire, cette flotte jadis supérieure à toutes les autres. Deux raisons l'en avaient finalement dissuadé. Il considérait tout d'abord le navire comme un renfort précieux pour ses propres escadres ; ensuite, il voulait être sûr de la présence de Rhodan à bord. Peu lui importait qu'il fût mort ou vif.

Ses pensées s'engourdirent. L'épuisement s'était également emparé de son corps, et ses membres frêles lui paraissaient de plomb. Il ne pouvait s'octroyer aucun sommeil, car il ignorait ce qui se tramait à l'intérieur de la nef terranienne. Le fait qu'elle suive le cap imposé signifiait seulement qu'il possédait bien l'ascendant sur les hommes passés sous influence. Rien d'autre. Comme toujours en pareil cas, le Supermutant avait prévu toutes les éventualités : l'écran S.H. de son navire était resté activé, même s'il ne fallait plus compter sur une attaque de l'adversaire. Il avait également ordonné à son commandant de se rapprocher jusqu'à cent mille kilomètres de l'*Intersolaire*. Des armes à longue portée pouvaient certes aisément annihiler son vaisseau noir, mais il le tenait pour totalement exclus. En outre, Cherbuliez était assez expérimenté pour se placer immédiatement hors de portée des batteries ennemies, au moindre signe de danger.

— À présent, Mère, j'ai attrapé Rhodan… murmura le monstre comme dans un demi sommeil. Il est désormais prouvé que je lui suis supérieur. Le mythe qui auréolait cet homme va être brisé une fois pour toutes. Je veillerai à ce que son nom s'efface des cerveaux de toutes les créatures intelligentes de cette galaxie et que ce soit le tien qui l'y remplace, Mère !

Une voix d'outre-tombe sembla lui donner la réplique. Corello écouta un court moment, puis un air de satisfaction se dessina sur son visage dont les traits évoquaient ceux d'un Hindou. Ses larges prunelles perdirent quelques instants leur éclat sinistre. Même une aberration psychique telle que lui avait besoin d'un peu de détente… Mais ce répit ne dura pas très longtemps. Son esprit qui travaillait déjà sans relâche augmenta son activité. Il ignorait encore comment procéder une fois que l'*Intersolaire* aurait atterri sur Shishter. Il voulait faire de sa rencontre avec les meilleurs éléments de l'Astromarine Solaire un triomphe personnel ; or, pour cela, il avait besoin d'un cadre particulier. Ce monde désertique lui semblait inadéquat, même s'il lui épargnait une reprogrammation compliquée de l'émo-bombe.

Le Supermutant noua un bref contact avec Cherbuliez et consulta les moniteurs de la centrale par les yeux du commandant.

Tout se déroulait bien selon le plan prévu, car le vaisseau amiral terranien atterrirait sur la planète dans à peine une demi-heure.

*
* *

Le major Pecho Cuasa, officier en chef de la centrale de tir, disparaissait presque totalement dans l'immense fauteuil-contour proche de la positronique de visée. De par sa taille, il comptait parmi les plus petits gradés à bord de l'ultracroiseur mais il n'en avait pas pour autant développé le moindre complexe.

L'Émir s'était rematérialisé sous le plafond et, après avoir trouvé une prise à peu près sûre, il laissait son regard glisser d'un côté à l'autre de la vaste salle. À l'exception de l'officier, il y avait également quatorze personnes. Quelques-unes d'entre elles verrouillaient les issues pendant que leurs collègues, assis, attendaient religieusement les ordres. Tout ce beau monde était armé, évidemment.

Le mulot-castor réfléchissait à la façon de conquérir les lieux sans que l'un des influencés présents n'alerte le reste de l'équipage. Une attaque en règle eût considérablement facilité leur projet, mais jamais Rhodan n'y donnerait son accord.

Jugeant à la longue sa position trop inconfortable, l'Ilt s'évapora soudain pour resurgir derrière une imposante armoire de contrôle. Comme toutes les entrées étaient gardées, Perry et ses compagnons ne pourraient intervenir qu'en se faisant téléporter dans la centrale de tir. Vu les courtes distances à couvrir, Tschubaï et lui arriveraient à emmener deux hommes chacun.

Quelles chances ont six individus dotés de simples paralysateurs s'ils émergent brusquement au milieu de cet endroit ? se demanda L'Émir. *C'est vrai que la réactivité des influencés a diminué, donc les probabilités de succès sont bonnes... Sauf si un hasard malheureux fait rappliquer ici même d'autres pantins de Corello !*

L'Ilt se dématérialisa et réapparut dans la cachette où se tenaient ses cinq camarades. Avec l'aide des deux téléporteurs, les réfugiés étaient parvenus à l'intérieur d'un réservoir d'eau entièrement vide. L'endroit n'était certes pas très agréable, mais il leur offrait le temps de repos nécessaire pour repartir sur de bonnes bases.

— Alors, qu'en est-il ? se renseigna Rhodan.

— Quinze hommes, l'informa brièvement le mulot-castor. Ils sont disséminés dans la centrale de tir. Tous les accès sont gardés.

— Quinze adversaires ! répéta Atlan, déçu. Si l'un d'eux trouve l'occasion d'alerter les autres membres d'équipage, notre plan est condamné d'avance !

— Nous avons le facteur surprise de notre côté. Ras sautera avec Alaska et Lloyd, L'Émir avec nous deux.

Tschubaï effectua le partage des paralysateurs qu'il s'était procurés dans une armurerie. Saedelaere saisit le sien et, pensif, le soupesa.

— Eh bien ? s'enquit le Stellarque. Vous n'êtes pas satisfait ?

— Je me déclare prêt à enlever un instant mon masque dans la centrale de tir. Je sais très bien ce que cela provoquera chez ces gens. Mais je sais aussi ce qui risque d'arriver si nous ne réussissons pas à empêcher l'atterrissage du vaisseau sur Shishter.

— Voilà une bonne proposition, confirma l'Arkonide.

Rhodan accrocha son arme à son ceinturon.

— Nous nous passerons tout d'abord de votre mystérieux atout, Alaska. Rien ne nous contraint à tuer de cette façon des innocents contrôlés par quelqu'un d'autre.

— Et qui décidera si Saedelaere doit intervenir ? demanda le Lord-Amiral.

— Euh… lui-même. Je le juge suffisamment responsable pour ne pas ôter sans raison sa protection faciale.

— Tout à fait, Monsieur, assura l'intéressé.

Ils se préparèrent à se téléporter. Le mulot-castor reçut pour mission de verrouiller toutes les issues de la centrale de tir à l'aide de ses facultés télékinésiques, dès leur rematérialisation, afin que nul ne s'échappe et ne donne l'alerte. Le Lord-Amiral et Lloyd pulvériseraient immédiatement tous les terminaux intercom puis aideraient Tschubaï, Rhodan et Alaska à achever de paralyser les quinze individus présents.

Perry attendit que les deux groupes se soient formés.

— Allons-y ! dit-il.

Ils émergèrent au milieu de la salle, prêts à essuyer des tirs. Manquant de peu l'agent de la Défense Solaire, un trait radiant fusa, ajusté par le major Pecho Cuasa, le seul à réagir assez vite. Il n'eut cependant pas le temps de réitérer sa tentative car l'Arkonide le neutralisa d'un faisceau paralysant.

En moins de deux minutes, le personnel de la centrale fut mis hors d'état de nuire. Fellmer et L'Émir surveillaient les accès pendant que le Stellarque, Atlan et l'Afro-Terrien s'installaient aux commandes. Saedelaere s'occupa d'examiner les quinze personnes tétanisées pour prévenir tout danger résiduel.

Éloigné d'environ cent mille kilomètres de l'*Intersolaire*, un petit navire s'affichait sur les écrans de visée. Rhodan pinça les lèvres en l'apercevant.

— Ribald Corello ! lança-t-il. Le plus grand ennemi actuel de l'Humanité ! C'est certain, il se trouve à bord de ce vaisseau !

L'Arkonide se pencha vers son ami.

— On le prend sous le feu de nos canons transformateurs ?

— Et comment ! Si les dieux sont avec nous, une seule salve suffira.

— Venez, Alaska, dit le Lord-Amiral en se tournant vers l'homme au masque. Vous allez m'aider.

Des séries de valeurs sans cesse variables défilaient sur le moniteur de la positronique de visée. Le Stellarque savait qu'on ne pouvait guère manquer une cible à une distance aussi courte. Le bouclier S.H. dressé autour de la sphère noire prouvait néanmoins que le Supermutant s'était prémuni contre tout risque d'agression.

Tandis que Rhodan observait les manœuvres de l'adversaire, Atlan et Saedelaere apprêtaient une des batteries. L'Ilt, quant à lui, était reparti sur la passerelle pour essayer de libérer les deux émo-astronautes de l'emprise mentale de Ribald Corello. Une fois de plus, les réfractaires entendirent la voix télépathique qui incitait les membres d'équipage à faire atterrir l'*Intersolaire* sur Shishter et à tuer l'ensemble des psychostablisés.

— Nous sommes parés ! annonça l'Arkonide.

Perry espérait que Corello leur laisserait l'occasion de lâcher au moins une bordée. Il pressa la touche rouge et les coordonnées de la cible s'affichèrent aussitôt. Mille fois plus rapide qu'un homme pour déterminer l'instant idéal, la positronique délivrerait en une fraction de seconde l'ordre de tir au canon transformateur.

Le Lord-Amiral et l'agent s'affairaient déjà sur le deuxième appareil.

— On ne peut plus empêcher l'atterrissage ! s'exclama le mulot-castor en se rematérialisant dans la centrale. L'*Intersolaire* va se poser sur Shishter dans deux minutes !

Le Stellarque ne répondit pas. Les traits crispés, il fixait les consoles de commande. Les nouveaux canons transformateurs pouvaient expédier à quinze millions de kilomètres et à vitesse supraluminique des bombes à fusion dotées chacune d'une charge de quatre mille gigatonnes d'équivalent TNT. Une puissance grâce à laquelle ce système d'arme était le plus redoutable de tout l'arsenal du vaisseau amiral.

Tandis que Rhodan songeait avec un effroi relatif à l'effet induit par ce moyen offensif, la positronique déclencha le départ de deux projectiles qui, dématérialisés, filèrent sous forme d'hyperimpulsions en direction de la sphère noire de Corello.

*
* *

La frappe fut si brutale que le Supermutant, catapulté à travers son sarcophage, alla heurter violemment la paroi transparente de troplonite blindée.

Il hurla.

La peur panique ressentie par ses hommes déferla dans son esprit et fit trembler son corps comme une feuille. Quelques lambeaux de pensées distinctes et individualisées lui permirent d'appréhender l'ampleur de la catastrophe.

Écran S.H. effondré... sommes perdus... le navire succombe à la gravitation de Shishter... Cherbuliez est étendu là, mort... nous allons nous écraser...

Corello cria de nouveau, mais cette fois de colère et de déception. Puis il s'isola mentalement. A l'évidence, l'équipage était condamné. Ce qui importait à présent au Supermutant, c'était de sauver sa propre vie.

Il n'avait pas besoin de ses facultés parapsychiques pour imaginer ce qui s'était passé. Les psychostabilisés du vaisseau amiral terranien avaient réussi à se soustraire d'une façon ou d'une autre à la vindicte provoquée par les membres d'équipage, puis à recourir aux canons transformateurs. L'agression était survenue de manière si imprévue que personne n'avait eu le temps de réagir.

Corello tenta une prise de contact avec son commandant. Peine perdue... Cherbuliez avait bien cessé de vivre. Il ne subsistait plus de lui qu'une ultime pensée errant encore pour quelques instants sur le spectre des fréquences psioniques.

Le monstre choisit donc un autre homme par

l'entremise duquel il comptait observer les écrans de visualisation. Il eut une désagréable surprise : tous les moniteurs avaient volé en éclats. Par les yeux de l'astronaute, il découvrit des individus gisant blessés ou morts entre les vestiges des pupitres de commande, de la table des cartes, des appareils de contrôle et des fauteuils-contour.

Il réagit en un éclair. Il savait que le vaisseau allait s'écraser à la surface de Shishter dans les prochaines minutes. Même s'il se trouvait encore quelques douzaines d'hommes compétents à bord, l'état des organes de pilotage n'autorisait certainement plus un atterrissage convenable. Il devait donc s'en remettre à la Châsse, et à elle seule. De la cabine dans laquelle elle trônait, un sas tubulaire menait jusqu'à l'enveloppe externe de la nef sphérique. Le Supermutant constata avec soulagement qu'aucun des mécanismes n'était endommagé au point d'empêcher sa fuite. En outre, le sarcophage lui-même était intact. Sa source d'énergie embarquée en faisait un petit vaisseau entièrement autonome, doté par ailleurs de projecteurs antigrav, d'écrans protecteurs, d'un système de climatisation et d'armes diverses.

Malgré la douleur que lui causait sa plaie à la tête, le monstre sourit. Le succès de ses ennemis n'était pas total, puisqu'il était toujours en vie.

En revanche, sa victoire à lui serait complète. Les marionnettes sous sa férule allaient faire atterrir l'*Intersolaire*, puis elles livreraient Perry Rhodan à leur maître…

CHAPITRE VII

Ras Tschubaï et L'Émir se rematérialisèrent dans la centrale de tir avec six spatiandres. Quelques secondes auparavant, l'*Intersolaire* avait atterri à quatre cents kilomètres du dépôt militaire de Shishter.

Rhodan scrutait les écrans reliés aux caméras extérieures. Le désert offrait une vue fantastique. Des formations rocheuses s'étaient muées en blocs bizarroïdes. De grandes étendues de terres dévastées luisaient comme des braises incandescentes. Suite à la profonde modification intervenue lors du retour à la normale, toutes les forces de cohésion régissant la matière n'avaient apparemment pas retrouvé leur intensité originelle. La surface de la planète ressemblait à un paysage surnaturel. Des rocs en forme de tire-bouchon s'élevaient comme les arbres de ces pays que l'on visite dans les contes de fées. Des pierres transparentes aux protubérances effilées s'amoncelaient les unes sur les autres. Plusieurs crevasses dans le sol rappelèrent au Stellarque les gueules béantes de carnassiers d'un âge révolu. Des plaques de poussière compactée de plusieurs mètres carrés s'étaient accolées les unes aux autres pour donner naissance à d'énormes bulles comparables à des yeux surdimensionnés.

— Regarde ça ! lança Atlan, impressionné par le

curieux spectacle. Voici ce qu'a engendré l'énergie étrangère libérée par l'explosion de Perricone Heublein !

Perry ne répondit pas. Il observait l'agitation qui secouait soudain le paysage. Shishter n'était pas près de retrouver son calme.

— Ce serait dangereux pour nous de quitter le vaisseau, conjectura l'Arkonide.

— Nous ne pouvons pas non plus rester à bord. Ce n'est plus qu'une question de délai avant que les marionnettes de Corello n'arrivent ici et nous attaquent. Si nous ne voulons pas lutter contre nos propres hommes, nous devons déguerpir.

Pendant ce temps, Saedelaere et les mutants avaient endossé leurs spatiandres.

— L'écran paratronique est encore activé, rappela Fellmer. Nous devons le débrancher si nous décidons de sortir du navire.

Le mulot-castor s'avança.

— Je m'en occupe, se proposa-t-il. Tenez-vous prêts !

Au moment où le Lord-Amiral et le Stellarque bouclaient leurs combinaisons protectrices, un éclair de lumière amena le Terranien à se retourner. Sur un des moniteurs, il vit un énorme nuage de fumée monter vers le ciel puis se diluer. La sphère noire du Supermutant s'était posée à environ deux kilomètres de l'*Intersolaire*. La partie inférieure de sa coque avait éclaté et les bords déchiquetés de la brèche s'étaient profondément enfoncés dans le sol. La coupole polaire de l'épave avait explosé en maints endroits. Des milliers de minuscules débris avaient été éjectés tout autour du site d'impact.

— Le vaisseau de Corello ! résonna la voix de Rhodan. Il n'en reste plus grand-chose !

— Le monstre s'est surestimé, déclara Atlan. Il

vaudrait mieux pour lui qu'il ait trouvé la mort. Et aussi pour l'Humanité…

Saedelaere indiqua un autre écran.

— Qui vous dit qu'il a péri ?

Le chef de l'Empire Solaire tourna la tête. Un engin de quatre mètres de hauteur environ planait au-dessus des décombres.

— Le sarcophage du Supermutant ! pesta l'Arkonide. La Châsse, telle que l'a décrite Heublein !

Une rumeur tumultueuse enfla soudain du côté des issues.

— On nous a découverts ! s'écria Tschubaï. Nous devons disparaître !

L'Émir se rematérialisa et fit comprendre, d'un geste de la main, que l'écran paratronique avait été désactivé. Le mulot-castor, prévoyant, avait ramené avec lui un hypercom portable.

— Nous pourrons peut-être revenir plus tard à bord avec Ras et nous soucier de récupérer des armes, lâcha-t-il d'un trait, essoufflé.

Il saisit les mains d'Atlan et de Perry puis se téléporta hors du vaisseau avec ses deux « passagers ». L'Afro-Terrien suivit avec Saedelaere et Lloyd, juste avant que les possédés de l'*Intersolaire* ne réussissent à forcer les accès de la centrale de tir.

*
**

Du sang !

Mon propre sang !

Ribald Corello se mit à gémir devant l'insoutenable horreur. Il se roulait depuis un moment de façon convulsive sur le sol de la Châsse, si bien que des gouttes carminées avaient commencé à dessiner un motif de sinistre augure sur le revêtement moelleux. Et il venait tout juste de le remarquer…

Avec ses menottes enfantines, le monstre se frotta le front. Lorsqu'il les retira, ses doigts étaient eux aussi maculés de rouge. Sa plaie à la tête, causée par le choc dont il avait été victime lors de l'attaque surprise contre son vaisseau, s'était rouverte.

Il se ressaisit lentement et avec peine. En vérité, pour l'instant, aucun danger ne le menaçait. Sa blessure indolore paraissait sans gravité, aussi décida-t-il de l'ignorer. *Et de ne plus regarder ce sang !*

Il se concentra sur son environnement. Avec son sarcophage, il avait quitté son navire avant qu'il ne s'écrase et il planait à présent au-dessus du paysage défiguré de Shishter. Un coup d'œil sur l'épave lui suffit pour comprendre que l'état catastophique de sa nef excluait toute idée de l'utiliser pour le retour. Une brève impulsion psi fit s'ouvrir une petite trappe, et du socle de la Châsse sortit un hypercom compact. Le Supermutant rampa jusqu'à lui, l'activa et émit un appel de détresse destiné à sa petite flotte, ordonnant que l'on vienne immédiatement le chercher. Il était trop risqué pour lui d'avoir dès maintenant recours aux membres d'équipage de l'*Intersolaire*, sans savoir ce qu'avaient bien pu combiner entre-temps les psychostablisés.

L'appareil radio replongea dans son logement, aussitôt remplacé par plusieurs bras tentaculaires de métal. Le monstre se coucha sur le dos, sa plaie à la tête fut nettoyée avec douceur et aseptisée. Un des manipulateurs automatiques déposa délicatement une compresse sur la blessure, puis Corello le sollicita pour effacer les taches de sang sur le capiton couvrant le sol.

Peu à peu, il récupérait de l'énergie. Certes, les efforts prodigieux des dernières heures l'avaient exténué et il était encore épuisé, mais il se jugeait capable de se mesurer dès à présent avec tout ennemi. Son intellect aiguisé avait déjà tiré certaines conclusions. Les psychostabilisés quitteraient sûrement l'*Intersolaire* pour fuir dans le désert, unique issue pour eux s'ils voulaient échapper à la multitude des membres d'équipage sous contrôle hypnosuggestif.

Le Supermutant ricana avec une cruauté épouvantable.

Ses palpes télépathiques explorèrent les alentours sur un rayon de plusieurs centaines de kilomètres tandis que les systèmes de détection du sarcophage entraient également en activité. Il sut peu de temps après que six créatures réfractaires à son influence volaient au-dessus de l'étrange paysage à cinquante kilomètres de lui. Il modifia le cap de la Châsse et la fit accélérer.

— Je vais l'attraper, Mère ! murmura-t-il, triomphant. Je le tuerai sans qu'il s'y attende, puisque qu'il croit m'avoir déjà vaincu.

*
* *

Ils atterrirent entre des falaises abruptes dans lesquelles une gigantesque machine semblait avoir foré de curieuses brèches et orifices. Des aiguilles rocheuses de l'épaisseur d'un doigt s'élevaient du sol, si proches les unes des autres qu'on pouvait aisément marcher dessus. Par instants, une secousse isolée agitait l'ensemble de la formation et entraînait de nouveaux chamboulements.

— Fantastique ! s'écria Atlan en s'approchant d'un bloc aux contours grotesques pour l'examiner. On pourrait presque croire que c'est vivant !

— D'une certaine façon, oui, déclara Rhodan. Ses structures atomiques et moléculaires n'ont pas encore recouvré une stabilité totale, d'où ces bouleversements continuels. Ce phénomène est caractéristique d'une résonance permanente induite par l'énergie étrangère.

L'Arkonide retira le poignard à lame vibrante du ceinturon de son spatiandre et découpa la pierre saillante. La section brillait comme de l'acier poli.

— Je trouve cette planète inquiétante, avoua Fellmer Lloyd. Qui sait tout ce qui risque encore d'arriver…

— Nous vivons la fin d'un processus, déclara le Stellarque. Il ne se passera rien de plus.

— Je n'en serais pas si sûr, Perry, s'exclama L'Émir qui s'était perché au sommet d'un gros rocher. La bataille contre Corello se prépare. Il est en route avec son sarcophage volant, je peux déjà l'apercevoir.

Rhodan brancha son propulseur individuel et plana jusqu'au mulot-castor. Il dut activer les filtres photoniques de son casque, car l'absence d'atmosphère n'atténuait en rien la très violente luminosité du soleil.

Il remarqua immédiatement l'étrange engin du Supermutant, qui se déplaçait à cent mètres d'altitude et se dirigeait tout droit sur la cachette des six fugitifs.

Les premières ondes hypnosuggestives les atteignirent quelques instants plus tard.

Rendez-vous ! Rendez-vous ! Rendez-vous !

Le Stellarque se laissa redescendre.

— Il sera bientôt à la verticale de notre position, dit-il. Il serait temps que nous disparaissions.

— Pourquoi n'attaquons-nous pas ? demanda Ras Tschubaï. Nous sommes immunisés contre ses para-impulsions. Avec L'Émir, nous pourrions nous téléporter sur le toit du sarcophage et faire usage de nos paralysateurs.

Rendez-vous !

Rhodan sentit une pression sourde s'exercer sur son

cerveau. Effaré, il constata que sa propension à obéir aux directives hypnosuggestives du monstre croissait de manière constante. Les facultés mentales de l'adversaire étaient si fortes qu'elles pouvaient devenir dangereuses même pour des psychostabilisés.

Lloyd semblait lui aussi nourrir de pareilles craintes, car il signala avec nervosité :

— L'intensité des ordres psi augmente !

Le Stellarque ne retint pas plus longtemps les deux mutants. Il regrettait seulement qu'ils ne possèdent pas d'armes plus puissantes que leurs paralysateurs.

Il leur fit un signe de tête.

— Allez-y, tentez votre chance !

Les deux téléporteurs se dématérialisèrent. Rhodan retourna à son poste d'observation, sur le rocher. Il devina vite la suite des événements, car le sarcophage était maintenant enveloppé d'une bulle lumineuse. Un regard en bas vers la cachette confirma ses craintes. L'Émir et Ras gisaient sur le sol, à moitié assommés.

— L'engin possède un sacré écran protecteur, murmura l'Afro-Terrien. Nous avons rebondi dessus !

Rendez-vous !

Fellmer Lloyd se leva et fit mine de quitter le refuge. Son cerveau hypersensible était le premier à réagir aux ondes hypnosuggestives renforcées. Saedelaere et Atlan retinrent le mutant.

— Il faut disparaître d'ici ! s'écria Rhodan.

Le très bref repos que les deux téléporteurs s'étaient accordés leur permit de sauter avec leurs compagnons sur une distance de cinquante kilomètres. Ils resurgirent dans une cuvette, où le paysage n'avait guère perdu de son allure originelle. Il n'y avait guère d'altérations visibles, et le sol affichait la couleur marron foncé qu'il avait toujours eue.

Ils captaient encore les ordres psi de Corello, bien

qu'atténués. Le Stellarque regarda autour de lui. Ne repérant pratiquement aucun abri, il décida de continuer à fuir avec l'aide des micropropulseurs dorsaux.

Il avait émis dans l'intervalle un appel de détresse grâce à l'hypercom emporté par le mulot-castor. Il ne comptait cependant pas sur l'arrivée d'un vaisseau de l'Astromarine Solaire avant un délai de cinq heures. Ils devraient résister au Supermutant pendant tout ce temps.

— Dirigeons-nous vers le dépôt ! ordonna-t-il. Peut-être y trouverons-nous des armes encore en bon état.

L'Émir proposa de se rendre dans le secteur de l'entrepôt et d'y jeter un coup d'œil. Rhodan refusa, vu l'état d'épuisement des deux téléporteurs. Ils devaient épargner leurs forces pour une esquive éventuellement précipitée.

— Le sarcophage nous rattrape, remarqua Fellmer Lloyd, qui se tenait en queue du groupe. Les impulsions se renforcent.

Le Stellarque ne savait pas quel type de propulsion possédait l'engin, mais il était nettement plus efficace que les unités dorsales des six hommes en fuite.

Depuis qu'ils étaient partis de la cuvette, ils survolaient une région qui avait été considérablement affectée après l'explosion de Heublein. Le sol ressemblait à un labyrinthe. Il y avait certainement en dessous de nombreuses cachettes qui les auraient protégés face à un banal poursuivant. Hélas, pas contre Corello…

Rendez-vous ! Rendez-vous ! Rendez-vous !

— Je ne peux plus supporter ça ! cria soudainement Lloyd. Abandonnez-moi.

Le chef de l'Empire Solaire se laissa descendre et saisit le télépathe par l'avant-bras. Fellmer tenta de se dégager mais Atlan l'avait lui aussi déjà rattrapé, de l'autre côté, pour aider son ami terranien.

Rhodan murmurait sans cesse le texte d'une chanson pour se soustraire aux para-impulsions. Il s'étonna qu'Alaska Saedelaere ne semble rencontrer aucune difficulté et s'en enquit auprès de lui.

— Je comprends les directives hypnotiques, Monsieur, répondit l'homme au masque. Cependant, elles ne me dérangent pas.

— Comme vous êtes à l'évidence le plus robuste parmi nous, vous continuerez à fuir même s'il nous faut nous plier aux ordres mentaux du Supermutant. Et vous entrerez en contact avec l'équipage du vaisseau de sauvetage, qui devrait arriver sur Shishter dans les prochaines heures.

Lloyd se mit à résister de plus en plus vigoureusement, si bien que le Lord-Amiral et le Stellarque durent batailler avec une ardeur accrue pour le contraindre à poursuivre le vol. Finalement, ils n'eurent pas d'autre choix que de le paralyser.

Une demi-heure plus tard, le sarcophage était de nouveau en vue.

Les fuyards firent corps avec les deux téléporteurs pour que ceux-ci les emmènent en lieu sûr.

Juste avant leur dématérialisation, se forma à environ cent mètres d'eux un champ thermorayonnant irrégulier dont les protubérances vinrent toucher Fellmer Lloyd. Son écran individuel s'effondra et la couleur de son spatiandre vira au sombre.

C'était seulement un coup de semonce de mon radiant impotronique, murmura le monstre dans l'esprit de Rhodan. *Rendez-vous enfin !*

L'Émir et Tschubaï n'hésitèrent pas davantage. Cette fois-ci, ils ne purent couvrir que trente kilomètres. Le Stellarque remarqua l'état grave d'épuisement dans lequel étaient les deux mutants. Le combat incessant contre Corello leur coûtait beaucoup d'énergie.

— Nous ne pourrons pas tenir plus longtemps, constata-t-il après qu'ils se furent rematérialisés aux abords d'une chaîne de collines en forme de fer à cheval. Je propose que nous engagions des pourparlers avec l'adversaire.

— Il ne négociera pas ! conjectura l'Arkonide. Peu lui importe de nous capturer morts ou vifs. Il semble juste vouloir jouer avec nous. Il prend un malin plaisir à nous pourchasser à travers ce paysage.

— Peut-être avons-nous une chance en nous séparant et en essayant d'atteindre le dépôt par des chemins différents, soumit Alaska.

— Bonne idée, approuva le chef de l'Empire Solaire. L'Émir, effectue avec Atlan autant de sauts que possible ! Ras, vous nous emmenez, Lloyd et moi. Quant à vous, Saedelaere, sachant que les ordres hypnosuggestifs vous affectent moins, je pense que vous pouvez vous fier rien qu'à votre unité dorsale.

Deux minutes après le départ de ses cinq compagnons, l'homme au masque se retrouva seul. Entre-temps, le soleil s'était rapproché de l'horizon. L'agent spécial n'avait pas à redouter la nuit noire, car il restait encore d'innombrables lieux où le terrain rayonnait comme un brasier par effet rémanent des violentes décharges d'énergie reçues. Il consulta son détecteur de poignet et prit le chemin supposé de l'entrepôt, en espérant que le Supermutant n'avait toujours pas choisi qui d'entre eux il allait décider de poursuivre.

*
**

— Ils pensent pouvoir me duper, Mère, déclara Corello avec dédain en faisant monter le sarcophage à deux mille mètres de hauteur.

Ses ennemis avaient formé trois groupes, mais tous avaient le même but. Il lui suffisait simplement de voler en direction du dépôt d'armes pour rattraper les fuyards. Sur le trajet, il comptait mettre au moins deux des psychostabilisés hors de combat. Il avait encore deux ou trois heures jusqu'à l'arrivée d'un de ses vaisseaux. Aussi avait-il le temps de s'amuser avec ses victimes.

À chaque fois que les deux téléporteurs effectuaient un saut, le Supermutant percevait une légère vibration dans son cerveau. Cette sensation, certes désagréable, l'aidait à repérer leur position précise.

Rendez-vous ! répéta-t-il pour la énième fois. *Rendez-vous enfin !*

Il n'attendait pas grand-chose de ces ordres hypnotiques, mais ils contribuaient à accroître la peur et la confusion parmi ses ennemis.

Le monstre tâta la compresse sur son front. Il n'avait plus mal. La plaie avait cessé de saigner depuis un bon moment. Il n'en garderait qu'une horrible cicatrice, qui lui rappellerait le jour où il avait vaincu Perry Rhodan.

Il augmenta sa vitesse. Puis, sur l'écran de visualisation qui avait émergé du socle creux de la Châsse en même temps qu'un petit boîtier de commande, il remarqua une silhouette solitaire qui était éloignée d'environ cinq kilomètres de lui et se déplaçait audessus du paysage en constante modification. L'image changea. Corello distingua trois hommes en spatiandre, apparemment épuisés, qui s'étaient assis sur un plateau rocheux. Ils se trouvaient à un peu moins de quarante kilomètres. Le troisième groupe ne pouvait pas être localisé pour l'instant ; les vibrations, dans le cerveau du mutant, lui indiquaient qu'ils procédaient à d'incessantes téléportations dans l'objectif de se mettre en sécurité.

Du fait que ces individus étaient psychostabilisés, le Supermutant pouvait juste capter quelques pensées isolées. En revanche, ils comprenaient ses ordres et finiraient tôt ou tard par s'y soumettre.

Il s'était finalement décidé à laisser Rhodan en vie. Ainsi, il jouirait de son triomphe sur le Stellarque tant détesté, qui devrait s'agenouiller devant lui pour implorer grâce. Le monstre ricana. Il réveillerait les espoirs de cet homme, puis il le tuerait.

— Je suis sûr que cette chasse te plaît, Mère, murmura-t-il. Les gens que je poursuis sont habitués à en traquer d'autres. Jamais encore leur impuissance n'aura été mise en évidence à ce point.

Il fit une pause, jusqu'à ce qu'il réalise qu'il ne recevrait pas de réponse. Ses menottes d'enfant se crispèrent, et de la salive coula aux commissures de ses lèvres. Le désir de tout détruire resurgit brusquement. Ses doigts se crispèrent sur un commutateur, et le sarcophage se précipita en avant.

Sur l'écran de visualisation apparurent soudain deux silhouettes que le Supermutant n'avait pas repérées jusqu'ici. Il s'agissait d'un homme et d'un petit être qu'il connaissait seulement par des descriptions.

— C'est L'Émir ! lança-t-il. Cette misérable créature que l'on dit posséder des facultés psi plus puissantes que quiconque dans la Galaxie.

Corello s'approcha du moniteur en roulant sur lui-même.

— Ton fils va donner une belle leçon à ce mulot-castor, Mère !

Les deux formes s'évanouirent.

— Ils se sont encore téléportés ! (Il attendit que

l'image se soit rafraîchie et stabilisée.) Ah, rien que douze kilomètres ! La bestiole semble être épuisée.

Le monstre manœuvra le sarcophage qui, quelques secondes plus tard, se dirigea droit sur la position des deux fuyards. Il pouvait déjà distinguer les deux silhouettes à travers la paroi transparente de son véhicule.

La Châsse descendit vers la surface de Shishter.

Rendez-vous !

Cette fois-ci, l'ordre fut émis avec une intensité extrême.

L'homme entre les rochers leva les bras, et la petite créature affolée se mit à tourner autour de lui.

Rendez-vous ! Rendez-vous !

Corello encaissa un choc psychique lorsque le sarcophage, brusquement saisi par des forces télékinésiques, fut propulsé vers le ciel. Il se remit rapidement de sa surprise, et les énergies psioniques antagonistes se heurtèrent. Le Supermutant ressentit presque l'immense fatigue de son ennemi comme une douleur physique. Il dut négliger le combat, pendant plusieurs secondes, pour reprendre le contrôle de l'engin parcouru par des vibrations. Atlan, libéré de l'étreinte mentale, profita aussitôt de l'occasion pour arroser l'appareil de faisceaux paralysants.

Le monstre se détendit, afin de se préparer à porter le coup décisif. Grâce à sa faculté de dématérialisateur, il voulait créer une sphère quintidimensionnelle de huit mètres de diamètre. Tout ce qu'elle emprisonnerait serait perdu à jamais.

Le sarcophage ballottait de haut en bas, comme s'il était tiraillé par deux ficelles invisibles. Un déluge de traits radiants s'abattait sur son écran défensif. Corello entendit des voix lointaines, réalisant à peine qu'il s'agissait d'impulsions mentales.

Obéissant à la volonté du mulot-castor, la Châsse se rapprochait dangereusement d'un bloc rocheux. Le Supermutant ne s'en préoccupa pas, certain de sa victoire.

Son influx psionique pénétra dans l'hyperespace et y puisa le minimum d'énergie nécessaire pour créer un champ dématérialisateur à proximité de l'Ilt.

*
* *

Atlan se tenait sur un plateau rocheux, à environ vingt mètres de la formation sphérique soudain surgie du néant. Il ne pouvait plus voir L'Émir qui devait se trouver de l'autre côté de cette mystérieuse bulle, voire même à l'intérieur.

L'Arkonide remarqua que la chose ne bougeait pas, et finit par en conclure que toute matière ou énergie normale avait cessé d'exister à cet endroit. Ses pulsations cardiaques s'accélérèrent tandis qu'il imaginait les probables conséquences du phénomène pour le mulot-castor.

— Petit ! s'écria-t-il, horrifié. Téléporte-toi immédiatement !

Aucune réponse… Soit l'Ilt s'était déjà mis à l'abri, soit il avait été tué par cette manifestation inexplicable.

Le Lord-Amiral activa son unité de vol et mit le cap sur une zone située de l'autre côté du champ sphérique, sans se préoccuper de l'ennemi qui planait à seulement quelques douzaines de mètres au-dessus d'eux. Son soulagement à la vue de L'Émir céda rapidement la place à la consternation. Le mulot-castor gisait immobile sur le sol.

Il est mort ! pensa-t-il, désespéré.

Au mépris du danger, il se précipita vers son ami.

*
* *

Rhodan estima qu'il leur restait environ quatre-vingts kilomètres jusqu'au dépôt. C'est alors que Tschubaï s'effondra entre les rochers, totalement épuisé. Depuis qu'ils s'étaient séparés des autres, il en était à son dix-septième saut sans interruption.

— Reposez-vous, Ras. Je vais m'occuper de Fellmer.

Le Stellarque fut satisfait de constater que le télépathe était toujours inconscient. En effet, le champ thermorayonnant engendré par Corello lui avait infligé de sévères brûlures, malgré son écran défensif et son spatiandre. Lloyd avait besoin de soins médicaux urgents.

— Comment va-t-il ? demanda l'Afro-Terrien.

Le chef de l'Empire Solaire adossa le mutant sans connaissance contre un rocher au flanc lisse.

— Il est encore évanoui. Ses blessures doivent absolument être traitées.

— Je crois que les secours n'arriveront jamais à temps…

Rhodan ne répondit pas. On ne pouvait pas en remontrer à un homme aussi expérimenté que Ras Tschubaï.

La voix d'Atlan résonna brusquement dans les écouteurs de casque du Stellarque. Ils avaient convenu de se concerter de cette façon uniquement en situation désespérée, pour ne pas faciliter la tâche de leur poursuivant.

— Cet assassin a eu L'Émir, les informa-t-il.

Le téléporteur se redressa. Sa mine consternée montrait qu'il avait également entendu l'annonce.

— Tu veux dire qu'il est… mort ? s'exclama Rhodan. Que s'est-il passé ?

— Non, parvint la réponse hésitante. Je crois pas qu'il soit mort. C'est plutôt une profonde perte de conscience. Le petit a failli être piégé dans un champ énergétique que Corello a créé tout près de nous.

— Où est le Supermutant, à présent ?

— Il est parti, sans s'intéresser davantage à nous. Il faut maintenant que je m'occupe de L'Émir. Toi, essaie de gagner le dépôt avec Fellmer et Tschubaï.

Le Stellarque éclata d'un rire sans joie.

— Ras est complètement vidé. Je ne peux rien lui demander de plus.

Pendant quelques secondes, le souffle oppressé de l'Arkonide résonna dans les écouteurs.

— Alors tu dois continuer seul, lui conseilla Atlan. Je suis sûr que le monstre file en direction de l'entrepôt. S'il arrive avant nous, nous n'avons plus aucune chance.

— Avez-vous entendu, Ras ?

— Si nous abandonnons Fellmer ici, nos propulseurs dorsaux nous permettront d'atteindre la base avant le Supermutant, déclara l'Afro-Terrien.

— Discutez moins, et agissez ! insista le Lord-Amiral. Je ne peux pas laisser le petit seul pour le moment.

— Allons-y ! décida Rhodan. Nous reviendrons chercher Lloyd plus tard.

Avant de partir, il jeta un dernier regard en direction du télépathe.

— Si nous ne devions pas revenir, mon vieil ami, je te souhaite de ne jamais te réveiller si les secours ne te récupèrent pas…

Ils s'élancèrent quelques instants plus tard au-dessus du paysage désertique. Le soleil s'était couché entretemps, mais suffisamment de clarté sourdait des cratères et des crevasses pour rendre discernables les reliefs du terrain. L'horizon paraissait en flammes. Chaque fois que les échos secondaires nés des répercussions de l'explosion ébranlaient le terrain, le spectre lumineux du phénomène se modifiait.

— C'est beau, déclara subitement le téléporteur. Même si tout cela résulte d'une force destructrice, on ne peut pas le qualifier autrement…

Si le spectacle offert par la surface de la planète les fascinait, ils n'en oubliaient pas pour autant de scruter l'horizon à la recherche du sarcophage. Sans succès pour l'instant, car l'engin semblait avoir disparu. Mais le Stellarque ne se berçait guère d'illusions. Le Super-mutant se montrerait sûrement plus vite qu'ils ne le souhaiteraient.

Sans être importunés, ils atteignirent la zone où, quelques décennies auparavant, des techniciens terraniens avaient aménagé un vaste dépôt d'armes et d'équipements.

Rhodan avait beau écarquiller les yeux, il ne voyait rien.

— Je ne comprends pas ! déclara Tschubaï, déçu. Nous devrions avoir trouvé l'endroit depuis un moment. Nous nous sommes peut-être perdus ?

Il ne fallait pas exclure la possibilité que leurs détecteurs de poignet aient été endommagés par les décharges d'énergie étrangère.

— Commençons à chercher par ici. Le rocher pointu, là en dessous, nous servira de point de repère. En décrivant des cercles de plus en plus larges, nous finirons par découvrir la coupole tôt ou tard.

Peu après, ils distinguèrent au loin une formation qui ressemblait à un gigantesque bourgeon floral.

— Que… qu'est-ce que c'est, Monsieur ? demanda le téléporteur.

Le Stellarque retint instinctivement son souffle, puis il se laissa descendre. Sous l'action de l'énergie psionique, le bâtiment géant s'était transformé à l'instar du reste du paysage. Ce qui en subsistait semblait sortir tout droit du cauchemar d'un dément.

— Nous avons atteint notre but, Ras !

Un rire sardonique résonna alors dans leurs écouteurs.

— Ici Ribald Corello ! Je me suis permis de me caler sur votre fréquence afin de vous annoncer que je vous attendais.

En effet, un engin sans pareil dans toute la Galaxie planait au-dessus des décombres du dépôt : le sarcophage du Supermutant…

CHAPITRE VIII

En dessous de lui, les rochers s'amoncelaient en formant d'étranges colonnes torses. Une lueur rougeâtre jaillissait d'une crevasse longue de plusieurs kilomètres. Le murmure que Saedelaere avait perçu pendant un moment dans ses écouteurs de casque avait depuis longtemps cessé. Soit les autres s'étaient encore éloignés de lui, soit ils n'étaient tout simplement plus en mesure de converser ensemble.

Comme toujours quand il se trouvait seul, Alaska sentit monter en lui un impérieux besoin de s'affairer. Il ne savait expliquer cette sensation et il avait renoncé depuis des lustres à prêter attention à ce qu'il appelait ses « voix intérieures ». Parfois, il avait l'incroyable et sinistre impression de former deux êtres dissociés. En de tels instants, il en arrivait à se demander si l'accident survenu dans le transmetteur n'avait pas, outre son visage, changé aussi son esprit.

Il se mordit la lèvre inférieure. Enrageant contre lui-même pour oser penser à ce genre de chose dans une situation aussi problématique, il se laissa descendre d'une cinquantaine de mètres et s'approcha en volant d'un gros bloc de pierre.

D'après ses calculs, il lui faudrait encore une demi-heure pour atteindre l'entrepôt. Il n'avait pas revu Corello. Le mutant l'avait peut-être laissé tranquille du fait qu'il était seul, et parce qu'il avait envie de le garder pour la fin.

D'instinct, Alaska voulut tâter son masque et contrôler qu'il était bien en place, mais ses mains heurtèrent la visière de son casque. Il eut alors un sourire d'autodérision. Il était tellement habitué à cette seconde peau que la réajuster était devenu un geste réflexe. Parfois, il s'étonnait même de s'être résigné si vite à ce nouveau visage. Il se surprenait alors à considérer sa physionomie comme normale et ne comprenait pas pourquoi les autres n'en supportaient pas la vue.

Se forçant à détourner ses pensées de ce sujet, il corrigea son cap et focalisa son attention sur le paysage qui défilait en dessous de lui. La contrée était relativement sombre. Un bruit grésilla dans les écouteurs, mais il s'avéra difficile de déterminer s'il était dû à l'énergie quintidimensionnelle ou à une tentative de dialogue de ses compagnons. Puis il cessa, renvoyant Saedelaere à sa solitude absolue.

S'il atteignait le dépôt, il devait malheureusement tabler sur le fait que ses amis puissent ne plus être en vie. À ce sujet, Alaska était parfaitement conscient que la mort de Rhodan marquerait la fin de l'ordre établi dans le contexte actuel. À l'intérieur comme à l'extérieur du Système Fantôme, des révoltes éclateraient et les ennemis de l'Humanité sauteraient sur l'occasion pour frapper les Terraniens tant détestés.

Saedelaere survolait à présent un cratère aux lueurs de braise. Les radiations rendaient son microcom de poignet quasi inutilisable, mais il ne s'en préoccupait pas. Il était peut-être le dernier survivant du groupe, mais il lui restait un devoir à accomplir : mener sa mission à terme, prendre contact avec l'équipage du vaisseau de sauvetage qui surgirait dans quelques heures au sein du système de Goring-Maat. Hélas, il ne pourrait probablement annoncer que la mort du Stellarque.

*
* *

La construction déformée jusqu'à en être méconnaissable devait jadis avoir été le fameux dépôt d'armes et de matériel. Atlan, avec L'Émir dans les bras, décrivait en vain des cercles concentriques au-dessus de l'ancien entrepôt, à la recherche de signes de vie humaine. Il ne se risquait pas pour autant à utiliser son microcom, de crainte que Corello ne soit à l'affût dans le secteur.

Mais où se trouvaient donc Perry, Ras et Fellmer ? Ils auraient dû atteindre leur but depuis longtemps déjà. Le chef de l'O.M.U. alluma son projecteur frontal et en dirigea le faisceau sur le visage du mulot-castor. L'Ilt était encore inconscient. Il n'était pas certain qu'il puisse un jour récupérer du choc énergétique.

Effectuant de larges courbes, l'Arkonide se rapprocha du sol, où la coupole ravagée brillait en maints endroits d'une clarté rouge pâle. Il tenta en vain de deviner la nature des objets bizarrement contrefaits qui passaient dans son champ de vision. Il pouvait tout aussi bien s'agir d'anciennes armes que de pièces de rechange distordues. La coupole dévastée avait pris l'aspect d'un vrai labyrinthe.

Atlan atterrit sur une sorte d'assiette de deux mètres de diamètre, fixée au sommet d'un pylône arqué qui s'élevait au-dessus de l'édifice ravagé. De ce nid de pie, il dominait les alentours où aucun mouvement n'était perceptible. Puis il déposa L'Émir sur le sol à côté de lui. Il avait l'intention de laisser là le mulot-castor et d'aller jeter un œil un peu plus loin en contrebas. Perry et ses deux compagnons s'étaient peut-être arrêtés là. L'Arkonide refusait de croire qu'ils aient pu tomber dans un piège tendu par le monstre.

Il régla son propulseur dorsal à la puissance minimale. Tout en descendant avec prudence, il fouilla du regard les cavités créées par l'explosion un peu partout dans le secteur. Il atterrit sur le sol inégal et consulta ses équipements de poignet. Le détecteur de masse oscillait sans arrêt, mais cela pouvait provenir de multiples causes. Dans ses écouteurs de casque pesait toujours le même silence sinistre.

Atlan se mit en mouvement et dégaina son paralysateur. Bien qu'il sache que cette arme lui serait de peu d'utilité lors d'une éventuelle confrontation avec Corello, le contact avec la crosse dure avait un côté rassurant. Il ne progressait que lentement, retardé par des objets métamorphosés par le déchaînement énergétique. Devant lui, sur le sol, quelque chose étincela dans le faisceau de son projecteur frontal. Il se pencha et ramassa un condensateur encore en bon état. Le petit composant électronique était vraiment incongru dans ce dédale de folie, et pourtant il témoignait d'une activité humaine dans le secteur. L'Arkonide glissa l'objet presque ridicule dans un logement de son ceinturon. Si la chance le favorisait, peut-être trouverait-il d'autres pièces intactes, voire même des armes.

Recouvrant toute son assurance, il continua ses recherches. Il tomba sur une cloison qui avait tout perdu de son ancienne configuration. Le sol s'était soulevé de part et d'autre, en une quantité de boursouflures de diverses tailles. À mi-hauteur pendait une structure grumeleuse, sans doute les vestiges d'une étagère. Tout près, Atlan identifia une chaise dont l'aspect laissait croire qu'elle avait séjourné des lustres au fond de quelque océan.

C'est alors qu'il aperçut un corps humain, ou ce

qu'il en restait. La forme extérieure du torse était relativement bien conservée, même si les vêtements et la peau n'étaient plus que des lambeaux brun foncé dont les extrémités racornies saillaient par endroits. Le bas du cadavre était totalement contrefait. Les jambes ressemblaient à des racines d'acier hérissées de filaments indéfinissables. Seule la main droite du mort était presque intacte.

L'Arkonide en fut bouleversé : il se trouvait face à la victime d'un inconcevable déchaînement de forces. Il se demanda combien de fois cet homme avait subi une altération de son aspect originel avant de se figer pour de bon dans cet état.

Il se pencha et, prudemment, détacha du corps les vêtements pareils à des morceaux de natte tressée. Les yeux fermés devant une horreur aussi insoutenable, il tâtonna de çà de là et ses mains rencontrèrent quelque chose de dur. Il tira l'objet à lui et le plaça face à sa visière. Le faisceau lumineux de son projecteur éclaira alors un petit carnet. Atlan l'ouvrit, mais le papier imperméabilisé tomba aussitôt en poussière et il eut juste le temps de déchiffrer un nom avant que les lettres ne s'évanouissent dans le néant : Davenant !

Ses doigts lâchèrent sa découverte, et il se retourna. Les autres compagnons d'Heublein devaient eux aussi se trouver là, avec le major. Hélas, quoi reconnaître d'eux dans ces décombres ?

Le Solitaire des Siècles frissonna. Il se hâta de quitter l'ancienne salle commune. Il n'existait aucune puissance dans l'Univers capable d'aider ces malheureux.

Un gémissement soudain, résonnant dans ses écouteurs, le figea sur place. Avait-il réellement entendu quelque chose, ou bien était-il victime de ses sens hypertendus ?

Le même geignement se répéta. L'Arkonide tenta de

distinguer de quelle direction il provenait. La lumière de son projecteur glissa au loin sur les éléments déchiquetés d'une unité mémorielle, dont le dessus n'avait par miracle subi aucune altération.

Le chef de l'O.M.U. ne bougea pas. Sa main droite se crispa sur le paralysateur, mais il prit conscience de ses forces dérisoires et sourit d'un air las. Qu'aurait-il donc pu entreprendre contre Corello ?

Le bruit s'était tu. À présent, le Lord-Amiral était sûr de s'être trompé. Il reprit donc ses recherches.

Il aperçut alors le canon à impulsions et s'arrêta, incrédule. L'arme, prévue pour être installée à bord d'un vaisseau de l'Astromarine Solaire, trônait apparemment intacte au milieu d'un ensemble d'objets méconnaissables. Atlan courut jusqu'à l'engin et l'inspecta du regard. Il lui fallut en toucher le canon pour savoir qu'il pouvait en croire ses yeux. Puis, nerveusement, il en contrôla le mécanisme.

Le canon était opérationnel. En quelques gestes, il le rendit prêt à l'emploi. Il était cependant trop lourd pour être déplacé par un seul individu. L'Arkonide ne pourrait tirer que sur une cible située dans l'axe du fût de la pièce.

L'excitation initiale d'Atlan décrût rapidement. Il inspecta les alentours, méfiant. Le condensateur qu'il avait ramassé et d'autres choses encore tendaient certes à prouver que tout, à la surface de Shishter, n'avait pas été transformé sous l'effet de l'énergie psionique. Mais que des canons à impulsions soient demeurés intacts jusque dans leurs entrailles les plus infimes lui paraissait plus que singulier. Il s'agissait peut-être d'un piège.

Néanmoins, rien n'indiquait que quelqu'un soit venu ici depuis la catastrophe. Atlan décida de prendre le risque d'utiliser son microcom.

— Perry ! appela-t-il. Peux-tu m'entendre ?

Aucune réponse. L'ancien Prince de Cristal fronça les sourcils. Il avait pourtant estimé que Rhodan et les deux mutants arriveraient ici bien avant lui. Il essaya encore une fois.

— Perry ! C'est Atlan. Si tu m'entends, fais-le-moi savoir.

Soudain, il aperçut une lueur spectrale de l'autre côté de la coupole détruite.

Une bulle d'énergie !

L'Arkonide s'accroupit derrière l'optique de visée du canon à impulsions. Il vit aussitôt apparaître le sarcophage de Corello, enveloppé d'un écran protecteur luminescent. L'engin se dirigeait droit vers sa cachette.

Atlan secoua la tête, furieux, et para l'arme lourde pour le tir. La Châsse perdit de l'altitude et poursuivit sa progression presque à ras du sol. Le Lord-Amiral colla alors son œil à la lunette de pointage.

Avec stupeur, il découvrit Rhodan dans sa ligne de mire.

Comme en transe, le Terranien avançait à l'aplomb de la face inférieure de l'appareil. L'Arkonide comprit immédiatement ce qui s'était passé. Perry se trouvait sous l'emprise psychique de Corello.

— Alors, qu'attends-tu donc ? résonna soudain la voix stridente du monstre. Tire-moi dessus, tu ne désires que ça !

L'interpellé sentit ses mains trembler. Pour un peu, sous l'injonction hypnosuggestive, il aurait fait feu et tué Perry !

— Allez au diable ! éructa-t-il. Vous ne nous échapperez pas !

Le Supermutant eut un rire méprisant.

— Ta confiance en toi est démesurée, mon cher ! C'est toi qui ne m'échapperas pas. J'ai éliminé L'Émir et Lloyd. Ras Tschubaï est blessé et se trouve quelque part dans les ruines. Quant à ton ami Perry Rhodan, ce n'est plus qu'une marionnette impuissante, comme tu peux le constater par toi-même. Et maintenant que tu es à ma merci, je vais t'influencer pour que tu le supprimes. Bien entendu, je veillerai auparavant à lui rendre une partie de sa liberté mentale pour qu'il puisse mourir en sachant qui est son meurtrier.

Atlan déglutit bruyamment. La paume de ses mains était devenue moite. Il voulut s'écarter du canon, mais ses muscles ne lui obéissaient plus. Il ne réussit même pas à ôter son doigt de la touche de tir.

Le Stellarque s'était arrêté et regardait de son côté. Ses yeux ne reflétaient aucune lueur indiquant qu'il avait recouvré la moindre parcelle de son libre arbitre.

— Attendez, Corello ! croassa précipitamment l'Arkonide. Nous pouvons certainement trouver un terrain d'entente. Nous vous garantissons que vous repartirez de Shishter sans être inquiété si vous nous relâchez.

— Très spirituel ! se moqua le monstre. Ni Rhodan, ni toi n'avez à décider qui pourra quitter ce monde sain et sauf.

Feu ! jaillit l'ordre psi, plus impérieux que jamais.

Atlan se crispa. Ses mains lui semblaient peser un demi-quintal.

— Non ! réussit-il à articuler.

Dès que ton ami aura avancé d'un pas, tu tireras !

Le Lord-Amiral se contracta davantage derrière le canon à impulsions. Mais il avait perdu tout contrôle de ses mains.

Tire ! intima Corello.

L'Arkonide sursauta. Le recoin de son esprit qu'il dominait encore saisit avec horreur qu'il ne pourrait plus s'opposer très longtemps à la volonté du monstre, malgré son cerveau psychostabilisé.

Il allait tuer son meilleur ami, celui qui était pour lui plus qu'un frère.

Et Perry Rhodan, en le voyant, comprendrait à l'ultime instant qui était son assassin.

*
* *

Ras Tschubaï bougea. Sa conscience remontait à la surface et ses souvenirs lui revenaient. Il se trouvait dans les ruines de la coupole. Corello l'avait attaqué avec un de ses champs d'énergie et l'avait laissé pour mort. Le téléporteur subissait les séquelles du terrible choc qui faisait encore vibrer son cerveau sensible. Il se redressa et essaya de mettre de l'ordre dans ses pensées. Il n'aurait certainement pas été difficile au Supermutant de le tuer s'il l'avait souhaité. Une conclusion s'imposait : que le monstre voulait torturer ses victimes.

L'Afro-Terrien se retourna. Le faisceau de son projecteur frontal balaya une multitude d'objets affreusement déformés, mais il n'y avait plus personne dans les parages. Tschubaï pressentit qu'il était arrivé quelque chose au Stellarque car ce n'était pas dans la mentalité de celui-ci de laisser tomber un compagnon.

Ras se releva en s'accrochant à un barreau distordu. Une forte para-impulsion fouailla alors le chaos de son cerveau.

Tire !

L'injonction ne pouvait émaner que de Corello. Mais à qui était-elle destinée ?

Tschubaï surmonta sa souffrance et se traîna jusqu'à la limite de l'ancienne coupole.

— Non ! entendit-il quelqu'un gémir.

Dans ses écouteurs, la voix sonnait avec un timbre bizarre.

— Atlan ! s'écria le téléporteur. C'est bien vous, Lord-Amiral ?

Pas de réponse.

Chancelant, le mutant progressa de quelques pas.

Tire !

L'ordre hypnosuggestif était si puissant que même Tschubaï se mit à faire des mouvements irréfléchis avec l'index.

Soudain, il aperçut le sarcophage, planant à deux mètres du sol et enveloppé d'une bulle d'énergie. Éloigné d'une vingtaine de mètres, Perry Rhodan se tenait entre les vestiges d'armes lourdes. Il donnait l'impression d'être apathique, à tel point que l'Afro-Terrien redouta qu'il soit sous l'emprise du Supermutant.

Il courut s'abriter de l'autre côté d'un mur bombé par l'explosion de la matière psi.

Il découvrit alors le Lord-Amiral de l'O.M.U. posté derrière un canon, et mesura instantanément la gravité de la situation : le monstre voulait contraindre l'Arkonide à abattre le Stellarque !

Le téléporteur rassembla ses dernières forces et se concentra. Son saut le fit resurgir à proximité immédiate d'Atlan, qu'il repoussa aussitôt. Sa victime eut à peine le loisir de gémir que Tschubaï l'empoigna et se dématérialisa de nouveau. Il émergea à quelques mètres à l'extérieur de la coupole et, épuisé, il se laissa tomber à terre.

— Que… Qu'est-ce que… bredouilla l'Arkonide, déconcerté.

— Partons ! s'écria l'Afro-Terrien. Partons d'ici !

Atlan s'agenouilla et éclaira le visage du mutant.

— Que s'est-il passé ? demanda-t-il.

La voix de Corello lui fournit la réponse :

— Vous n'avez fait que retarder mon triomphe. Je tiens toujours Rhodan en mon pouvoir !

De la main, le Lord-Amiral frappa la visière de son casque lorsque les souvenirs affluèrent à sa conscience.

— J'ai failli tuer Perry ! se rappela-t-il, sans y croire.

Tschubaï vit le sarcophage se rapprocher lentement en planant au-dessus des décombres de la coupole. Il activa son micropropulseur dorsal pour prendre la fuite. Au même instant se dressa derrière le duo un mur thermorayonnant d'une telle puissance que le télé-porteur fut contraint de se jeter au sol malgré sa combinaison de protection. L'Arkonide se baissa juste à côté de lui.

— Je vais vous faire rôtir ! s'exclama Corello de sa voix stridente. J'ai encore du temps pour jouer avec vous.

Le paravent de braise incandescente s'avançait peu à peu vers les deux hommes. Ras ferma les yeux. Si la fournaise était supportable, le rire perçant et sardonique du monstre, lui, ne l'était pas…

*
* *

Le Supermutant était comme enivré. Ses derniers adversaires étaient à sa merci et il avait le pouvoir de les tuer quand bon lui semblerait. Entre-temps, il avait également découvert le mulot-castor, allongé inconscient sur une plate-forme surélevée.

Il s'était redressé et s'appuyait des deux mains à la paroi de troplonite. En dessous de lui, légèrement de biais, Perry Rhodan était figé et attendait ses ordres. Hors de la coupole, l'Arkonide et Ras Tschubaï étaient bloqués dans leur fuite par un mur de feu.

— Ils ne peuvent plus m'échapper, Mère ! chuchota Corello, les yeux brûlants.

Son excitation avait atteint un stade à partir duquel il

était presque incapable de distinguer les chimères de la réalité.

— Je veux que tu sois à mes côtés, poursuivit-il. Tu dois voir comment meurent nos ennemis.

Il se pencha sur le petit boîtier posé à ses pieds et pressa plusieurs touches. Le sas sommital du sarcophage coulissa. Le cercueil de deux mètres de long, sustenté par ses projecteurs antigrav, descendit à l'intérieur du logement du monstre. La dernière demeure de Gevoreny Tatstun se composait de platine doublé d'un alliage d'howalgonium à l'éclat rouge argenté.

Corello put à peine patienter jusqu'à ce que le coffre ait atteint l'emplacement prévu. Puis, fébrile, il commanda l'ouverture du couvercle.

D'habitude, la vue de sa génitrice momifiée le faisait sangloter. Parfaitement conservée, la jeune Anti n'avait pas changé. Elle avait la même apparence qu'au jour de sa mort.

— Mère ! s'écria le Supermutant, hystérique.

Il s'effondra devant le cercueil ouvert. Ses menottes enfantines glissèrent sur le boîtier métallique.

En de tels moments, seul son subconscient le retenait de toucher la défunte et de risquer ainsi d'altérer sa conservation.

Comme un fauve en cage, le monstre se mit à effectuer des allers et retours en rampant entre le cercueil et la paroi de la Châsse.

— Regarde au-dehors, Mère ! n'arrêtait-il pas de dire. Contemple mes nouveaux esclaves !

L'écume aux lèvres, il bavait tel un enragé.

— Attends encore un instant, Mère ! haleta-t-il. Perry Rhodan va venir se prosterner devant toi.

Les yeux fermés pour l'éternité, la femme conservée dans une stase énergétique était incapable de voir l'état de son fils, face à son destin.

— Il arrive, Mère ! précisa le monstre.

Ses doigts cherchèrent en vain une prise sur le revêtement lisse du cercueil.

— Tu l'aperçois, Mère ? Oui, je sais que tu peux le voir. À présent, il n'est plus qu'à trois mètres.

Agenouille-toi ! ordonna-t-il après s'être un peu calmé.

Au dehors, Rhodan s'effondra sur le sol inégal.

Le Supermutant fit pivoter un radiant à impulsions encastré dans la coque du sarcophage et le pointa dans la direction du Stellarque.

— Tu dois regarder comment il va mourir, Mère ! s'écria Corello tout en collant son visage contre la paroi de troplonite.

Il focalisa son attention sur sa victime qui entreprenait une ultime tentative pour se débarrasser de l'étreinte mentale. Le chef de l'Empire Solaire se redressa et fit quelques pas de côté, esquissant un seul acte dérisoire de rébellion.

Corello gloussa de plaisir.

— Sa volonté est forte, Mère. Très forte, même. Mais comparée à ma puissance, elle est insignifiante !

Le monstre ouvrit le feu avec le radiant à impulsions. L'énergie ruissela sur le bouclier individuel de Rhodan avant d'être absorbée.

— Ah ! s'écria-t-il, méprisant. *Désactive ton écran défensif ! Allez ! Obéis !*

Privé de volonté, le Stellarque se plia à ce que lui ordonnait le Supermutant.

— Et à présent…

Il s'interrompit pour viser. Le faisceau mortel siffla et passa à quelques mètres de sa cible. Le monstre ricana. Il avait délibérément tiré à côté de celui qu'il voulait abattre.

— Cela t'amuse-t-il, Mère ? demanda-t-il en pivotant vers le cercueil.

Le deuxième trait radiant manqua Rhodan d'un cheveu.

— Assez joué ! déclara alors Corello avec une détermination soudaine. Au prochain coup, je le tuerai !

Il pivota, comme pour quémander l'approbation de sa génitrice. Mais les yeux morts de Gevoreny Tatstun demeurèrent clos, comme si le poids des souffrances infligées à cet univers avait alourdi leurs paupières pour l'éternité.

*
* *

Le sol trembla de nouveau. Le paysage environnant donnait à Alaska Saedelaere l'impression qu'un cyclone avait ravagé cette planète déserte en retournant tout sur son passage. En contrebas de sa position, un rocher brillait tel un flambeau géant. L'homme au masque jeta un coup d'œil sur son chronographe. Il lui fallait atteindre le dépôt dans les prochaines minutes. À plusieurs reprises, il avait entendu des voix dans ses écouteurs, mais elles avaient vite été couvertes par des parasites dus à d'autres sources énergétiques.

Alaska se demandait quelle pouvait bien être en ce moment la situation à bord de l'*Intersolaire*. Les astronautes devenus des marionnettes étaient probablement assis tranquillement à attendre les ordres suivants de Corello. Si le monstre gagnait son combat sur Shishter, non seulement l'irremplaçable vaisseau amiral de l'Astromarine Solaire tomberait entre ses mains, mais la mort de Rhodan, d'Atlan et des derniers mutants infligerait à l'Humanité terranienne un revers dont elle ne se remettrait pas.

Agenouille-toi !

L'impulsion parapsychique était si forte que Saedelaere sursauta. Il eut besoin de quelques secondes pour comprendre qu'elle ne lui était pas adressée. Cependant, son soulagement fut de courte durée car cela signifiait que le Supermutant était dans les parages. A l'évidence, il avait déjà débusqué une ou plusieurs de ses victimes.

Alaska s'élança à pleine vitesse, hésitant toujours sur ce qu'il devrait entreprendre s'il se retrouvait face au monstre. Il ne possédait, pour toutes armes, qu'un paralysateur et un poignard à lame vibrante.

Désactive ton écran défensif ! Allez ! Obéis !

L'homme au masque sursauta derechef, suite à cette nouvelle injonction télépathique. Il pressentit qu'il s'agissait à présent d'une question de vie ou de mort.

Dans la pénombre, il aperçut droit devant lui les contours de l'ancienne coupole. Immédiatement, il plongea vers le sol et activa son microcom.

— Ici Alaska Saedelaere, Monsieur… dit-il dans son langage hésitant. Je suis venu pour tuer Ribald Corello.

S'il avait été en mesure de ricaner, il ne s'en serait pas privé. Il tablait sur le fait que le monstre s'était depuis longtemps calé sur la fréquence de leurs microcoms. Le Supermutant serait pour le moins sidéré. Peut-être même cela le freinerait-il un instant dans ses intentions.

L'agent spécial se coula dans les décombres du dépôt d'armes. À cinquante mètres de lui brasillait l'écran protecteur du sarcophage de l'ennemi. Un peu plus loin encore, à l'arrière-plan, il aperçut le faisceau lumineux d'un projecteur de casque.

— Saedelaere !

La voix de Corello explosa dans ses écouteurs.

— Je sais qui tu es pour l'avoir lu dans l'esprit de

Rhodan. Je suis étonné de ne pas t'atteindre avec mes facultés parapsychiques, mais cela ne te sauvera pas ! Je dispose encore d'autres moyens avec lesquels je peux te détruire.

— C'est ce que nous verrons, répondit tranquillement Alaska.

Son cœur cognait dans sa poitrine, mais il n'en laissa rien transparaître.

Et il se dirigea droit vers la Châsse, comme s'il s'était agi de l'objet volant le plus banal de toute la Galaxie.

*
* *

L'Émir revint à lui. Il se trouvait sur une sorte d'assiette de métal fixée au bout d'un pylône porteur qui s'élevait tel une moitié d'arche au-dessus de l'entrepôt détruit. Le mulot-castor ne bougea pas, terrifié par la crainte de ne pas pouvoir maîtriser suffisamment son corps. Un faux mouvement, et il tomberait. Il savait ne pas avoir encore assez de force pour risquer une téléportation.

Que s'est-il passé ? Comment ai-je atterri ici ?

Il se souvenait d'une violente aspiration qui l'avait saisi et pour ainsi dire englouti. L'image vague d'une dimension supérieure se dessina dans son esprit, et il gémit en se rappelant ce terrible événement. Corello avait presque réussi à l'isoler pour l'éternité dans un champ énergétique quintidimensionnel. L'Ilt en eut un frisson rétrospectif.

Prudemment, il déploya ses antennes télépathiques. Il sentit la présence du Supermutant à proximité, de même que celle de Perry sur lequel pesait de toute évidence l'emprise du monstre. Au bout d'un moment, l'Émir fut également capable de localiser les pensées épuisées de Ras Tschubaï et, un peu plus tard, il identifia le schéma mental du cerveau d'Atlan.

Le mulot-castor saisit instantanément que ses amis se trouvaient dans un état de détresse extrême.

Et lui qui se tenait sur cette espèce d'assiette métallique dominant le dépôt, dans l'incapacité de faire quoi que ce soit ! Il était même trop faible pour risquer la moindre tentative de sauvetage à l'aide de son unité de vol !

Il ne pouvait que rester étendu ici et assister, impuissant, à la mort de ses amis.

*
* *

Perry Rhodan percevait les alentours comme à travers un brouillard. À chaque baisse d'intensité des impulsions de Corello, ce qui subsistait de sa volonté essayait de se frayer un chemin jusqu'à la surface de sa conscience. Malheureusement, ce sursaut n'était jamais assez puissant pour lui permettre d'entreprendre quelque action que ce soit. Il entrevoyait pendant plusieurs secondes son destin avec une lucidité désespérante, puis sa raison s'enfonçait dans une incertitude insupportable. Selon un processus mystérieux, toute son attention se concentrait sur le sarcophage de Corello, qui apparaissait comme le seul repère stable dans cet environnement fantastique.

Il avait parfois l'impression de posséder deux personnalités : l'une totalement soumise au monstre, et l'autre qui menait une lutte acharnée pour recouvrer sa liberté mentale.

L'arrivée inattendue de Saedelaere entraîna pour un temps la prédominance de la partie rebelle de son esprit, car le Supermutant dut focaliser toute sa vigilance sur l'homme au masque. Mais avant que le Stellarque ait pu saisir la chance qui s'offrait à lui, l'emprise parapsychique se refermait déjà tel un étau. Le monstre s'était adapté en un éclair à la nouvelle situation.

Le chef de l'Empire Solaire observa la brusque apparition d'Alaska derrière le sarcophage, sans que son cerveau subjugué lui permette de saisir dans toute sa subtilité la tactique d'approche et de provocation appliquée par l'homme au masque. Rhodan n'était plus qu'un spectateur étranger à la scène. Certes, il comprenait qu'il n'aurait pas survécu sans l'arrivée de l'agent, mais il songeait à lui-même comme à un autre individu.

— Viens à moi tranquillement, Saedelaere ! entendit-il dans ses écouteurs de casque. Tu feras la connaissance de mes armes quand tu ne seras plus qu'à quelques mètres.

— Je ne les crains pas, Corello, rétorqua froidement l'interpellé.

— Tu te crois le plus fort parce que tu ne succombes pas à mes injonctions psi ! s'exclama le monstre. Eh bien, je te montrerai à quel point tu es faible. Je peux te tuer de douze manières différentes, mais avant, tu dois voir ma mère pour savoir au nom de quoi je me bats !

Indifférent, le Stellarque regarda son ami se rapprocher du sarcophage. Une fraction de sa conscience le poussait désespérément à crier pour mettre en garde Alaska. Hélas, ses lèvres restèrent closes.

L'agent de la Défense s'arrêta à un mètre de son but et examina l'intérieur de l'étrange appareil volant.

— Oui, Corello, je peux voir ta mère, constata-t-il. Elle est morte et elle gît dans un cercueil. À présent, tu devrais penser à l'enterrer.

Le Supermutant lâcha un cri. Si la paroi de troplonite blindée ne l'avait pas retenu, il se serait jeté sur son visiteur.

— Elle n'est pas morte, répliqua-t-il en écho. Je la réveillerai dès que j'aurai conquis la Galaxie pour elle.

— Si tu possédais seulement une once de bon sens, tu te rendrais compte que tu as succombé au complexe d'Œdipe d'une manière tout à fait exceptionnelle dans l'Histoire humaine, déclara Alaska comme s'il tenait une simple conférence de psychologie destinée à un cercle d'auditeurs passionnés.

Les mains tremblantes, le monstre pointa un deuxième radiant à impulsions sur la poitrine de celui qui le défiait.

Rhodan était resté immobile et ne perdait rien de la confrontation. Avec l'objectivité d'une personne extérieure à la scène, il évalua que son ami était perdu, malgré son spatiandre et son écran protecteur individuel, si le Supermutant faisait feu sur lui à bout portant.

Mais avant que Corello n'ait eu le temps de tirer, un événement imprévu se produisit.

Incapable d'attraper son masque à cause de la visière de son casque, Saedelaere inclina la tête comme s'il avait voulu appuyer le menton contre son sternum. L'artefact de plastique glissa et tomba.

Quand Alaska releva le front, le monstre aperçut cet entrelacs de couleurs changeantes dont nul être humain n'avait jusqu'alors pu supporter la vision.

CHAPITRE IX

Une horreur incommensurable s'empara de Ribald Corello.

Incapable de réagir, il se tenait debout, ses menottes d'enfant appuyées contre la paroi transparente du sarcophage et sa tête redressée par l'élément dorsal.

Il contemplait une chose animée de pulsations, d'une laideur indescriptible. Le visage de Saedelaere lui rappelait un disque de feu irisé, miroitant de toutes les couleurs du spectre. Malgré tout, cette physionomie effroyable exerçait un mystérieux attrait. Elle semblait posséder une vie propre et vouloir constamment se dissocier du corps de l'homme. Les yeux, le nez et la bouche existaient encore sous leurs conformations originelles, mais ils étaient relégués à l'arrière-plan de cette couche démentielle.

La répulsion éprouvée par le Supermutant se libéra en un cri terrible. Il tomba sur le sol et se voila la face pour ne plus voir cette abomination.

— Alors, Corello ? résonna la voix d'Alaska. Seul ton sarcophage te protège maintenant de la mort, car si je le voulais, je te tuerais. Mais mon visage suffira peut-être à mettre un terme à ta vie !

Le monstre s'étouffa, puis il vomit une partie de son dernier repas. Ses doigts griffèrent le revêtement souple.

Partir ! pensa-t-il. *Je veux partir !*

Oubliés, Rhodan et les autres… Toutes ses réflexions se focalisaient sur une seule chose : la fuite !

— Pourquoi ne me regardes-tu pas ? persista Saedelaere. Le mutant le plus puissant de la Galaxie aurait-il peur d'un visage ? N'as-tu pas honte devant ta mère ? Le couvercle du cercueil est ouvert et elle te voit échouer lamentablement.

— Non ! cria Corello. Arrêtez !

Partir ! se dit-il de nouveau. *Arrêtez ! Je veux partir !*

Il oscillait au bord de la démence.

— Vas-y ! ironisa l'agent de la Défense Solaire. Lève-toi et agis comme un homme. Tire-moi dessus !

La Châsse s'arracha au sol. Ses propulseurs obéirent aux ordres parapsychiques et l'engin, gagnant rapidement de la hauteur, s'éloigna ensuite progressivement de l'ancienne coupole. Le Supermutant hurlait toujours lorsque l'un de ses vaisseaux surgit vingt minutes plus tard dans le système de Goring-Maat et entra en contact avec lui, avant de le récupérer à bord peu de temps après.

*
* *

Saedelaere recouvrait ses esprits. Il se remémorait lentement ce qui venait de se passer au cours de la demi-heure précédente. Il avait agi plus ou moins d'instinct. Le sarcophage avait disparu. Le monstre avait pris la fuite. L'agent spécial ne percevait plus aucune impulsion hypnosuggestive.

— Alaska !

C'était la voix de Rhodan.

L'interpellé se détourna précipitamment et pressa les mains sur la visière de son casque.

— Attention, Monsieur ! avertit-il. Je n'ai pas de

masque. Tant que je porte ce spatiandre, je ne puis protéger mon visage.

— Je reste derrière vous, le rassura le Stellarque. Ne vous faites pas de souci.

— Comment allez-vous, Monsieur ?

— Très bien, l'influence parapsychique a perdu de son effet.

Saedelaere se sentit soulagé. Au dernier moment, il avait su qui les avait tous tirés d'affaire.

— C'est ma physionomie qui l'a contraint à fuir. La voir était trop insupportable, même pour un Supermutant tel que lui.

— Va-t-il devenir fou ou bien mourir ?

— Je l'ignore, mais je ne crois pas que ce monstre subira le même sort que tous ceux qui m'ont vu sans masque jusqu'ici. Corello possède une puissance mentale hors du commun, il se remettra sûrement vite du choc subi.

— Inutile de s'en faire pour lui, ajouta le Stellarque. Occupons-nous plutôt de nos compagnons.

Atlan et Tschubaï, qui s'étaient déjà largement reposés, les rejoignirent peu de temps après. L'Émir dut être sauvé de sa position précaire près du dépôt, tandis que Fellmer Lloyd était toujours inconscient lorsqu'ils parvinrent jusqu'à lui.

— Je crois que nous pouvons maintenant entrer en liaison avec l'*Intersolaire*, déclara Rhodan. Les hommes doivent être affranchis de l'influence hypnosuggestive, et ils seront satisfaits d'entendre que nous sommes en vie.

*
* *

Les officiers de la centrale du vaisseau amiral terranien affichaient des mines sombres. Elas Korom-Khan tripotait avec embarras sa résille T.R.E.S. tout en fixant le sol.

— Nous ne savons pas comment nous excuser, Monsieur, dit-il. Nous n'avons rien vu venir et nous avons été incapables de nous défendre face à ce genre d'attaque. Nous sommes heureux de voir que tout s'est bien terminé.

Le Stellarque hocha la tête.

— Vous n'avez aucun reproche à vous faire, colonel. Les facultés psi de Corello sont si démesurées qu'elles causent des difficultés même aux psychostabilisés. Sans Alaska Saedelaere, nous ne serions à présent plus de ce monde.

— Et ce vaisseau aurait basculé au pouvoir du Supermutant, ajouta Atlan.

Ils se tournèrent vers l'agent de la Défense, qui n'avait toujours pas quitté son spatiandre. On avait noué un foulard autour de son casque afin que personne ne voie son visage. Sentant que l'attention générale était tournée vers lui, il écarta légèrement les bras.

— Ce fut une simple question de chance, dit-il avec modestie. Si Corello avait tiré sur moi quand je portais encore mon masque, mon plan n'aurait pas fonctionné.

— Maintenant, reprit Rhodan, nous devons tabler sur le fait qu'il puisse survivre en raison de ses ressources parapsychiques. Il sait à présent que je suis encore en vie, et il en tiendra compte dans ses futurs plans. C'est l'ennemi numéro un de l'Humanité… Ce qui s'est passé sur Shishter nous montre de quelles forces mentales il dispose. Il est même en mesure de maîtriser une énergie étrangère et de l'utiliser à ses fins. Ce qui a presque anéanti le système de Goring-Maat tout entier peut devenir un jour très dangereux pour le nôtre.

L'agent se racla la gorge.

— Qu'avez-vous sur le cœur, Alaska ? s'enquit le Stellarque.

— Si vous n'avez rien à objecter, je voudrais me retirer dans ma cabine, Monsieur, sollicita l'homme au masque après une légère hésitation.

— Le cadet Wynant va vous y conduire, major Saedelaere. Je ne voudrais pas que vous vous blessiez en chemin à cause de votre bandeau.

— Major ? Mais... mais je n'avais aucun grade jusqu'à présent, Monsieur !

Le chef de l'Empire Solaire fronça les sourcils.

— Refuseriez-vous une promotion ?

— Non, Monsieur. Je m'étonne seulement de la rapidité de mon avancement. Si ça continue ainsi, il ne me faudra guère de temps avant de me retrouver à vos côtés au sommet de l'Administration.

Rhodan sourit.

— J'aimerais bien voir votre visage quand vous plaisantez ainsi, Alaska.

— Rester caché a aussi ses avantages, Monsieur. Allons-y, cadet !

Un seul regard se détourna d'eux lorsque le grand et mince *major* Saedelaere s'éloigna, escorté par Wynant : celui d'Elas Korom-Khan. Le colonel avait coiffé sa résille T.R.E.S. et déjà commencé les préparatifs du vol de retour vers la Terre.

Début 3433, en parallèle aux menées destructrices du Supermutant, le contexte galactopolitique se rapproche de l'explosion : ayant perdu leur ennemi commun, les grandes puissances de la coalition anti-terrienne ont commencé à se dresser les unes contre les autres et leurs alliances bien précaires ne tarderont pas à se rompre. C'est le moment ou jamais de renverser la tendance et de restaurer, par la voie la moins violente, l'équilibre indispensable à la paix. Pour cela vont être lancées des actions tout aussi souterraines que stratégiques visant à LA CATALYSE DE L'INSTABLE…

ANNEXE :
RÉSUMÉ DES SIX CYCLES PRÉCÉDENTS

CYCLE 1 : LA TROISIÈME FORCE (1971-1984)
Volumes français 1 à 21

Lors de leur alunissage avec la fusée *Astrée*, Perry Rhodan et Reginald Bull, officiers de l'U.S. Space Force, rencontrent des humanoïdes émissaires du Grand Empire d'Arkonis (dans l'amas M 13 de la constellation d'Hercule). Thora et Krest, en quête d'une mystérieuse Planète de Jouvence, ont fait naufrage sur notre satellite. Entré en possession de la super-technologie arkonide, Rhodan impose à la Terre une paix planétaire durable avec l'appui de mutants doués de facultés parapsychologiques.

Après avoir repoussé des envahisseurs extraterrestres, il se lance vers les étoiles. Il aide les autochtones du système de Véga à repousser les belliqueux Topsides. Remontant une longue chaîne d'indices, Rhodan et ses compagnons d'aventure – dont Krest et Thora – trouvent ensuite Délos, la planète errante, domaine de l'Immortel. Celui-ci accorde la douche cellulaire prolongatrice de vie à Perry Rhodan et d'autres Terriens mais la refuse aux Arkonides, qui selon lui appartiennent au passé. Au cours de cette Quête Cosmique, un être étonnant s'allie aux humains : le mulot-castor L'Émir.

De retour sur Terre, Perry Rhodan doit se défendre contre le Surmutant Stafford Monterny. Puis des Marchands Galactiques, les Francs-Passeurs, attaquent le Système Solaire afin d'étouffer toute concurrence potentielle. Sous la pression des forces extraterrestres coalisées, Rhodan se voit contraint de faire croire, par un coup de bluff gigantesque, à la destruction pure et simple de la Terre.

CYCLE 2 : ATLAN ET ARKONIS (2040-2045)
Volumes français 22 à 43

Profitant de la tranquillité ainsi obtenue, Perry Rhodan instaure l'Empire Solaire dont il tient les rênes sous le titre de Stellarque de Sol et dont les ressortissants prennent le nom générique de Terraniens. En 2040 apparaît Atlan, le Solitaire des Siècles, qui a passé la majeure partie des dix mille dernières années dans une base-refuge sous-marine. Arkonide comme Krest et Thora, Atlan jouit de la vie éternelle grâce à un activateur cellulaire transmis par l'Immortel de Délos. Au bout de duels très serrés, Rhodan et lui décident de s'accorder à jamais un soutien mutuel indéfectible. Par son rapport détaillé sur un lointain passé, Atlan fournit un éclairage insoupçonné sur tout un ensemble d'événements et d'interactions d'ampleur cosmique.

À la confrontation avec le Grand Coordinateur positronique qui règne sur l'Empire arkonide décadent s'ajoutent bientôt les attaques des Droufs qui, surgis d'un autre univers, tentent une invasion du continuum einsteinien. De plus, Perry Rhodan entre en conflit avec Thomas Cardif, le fils né de son union avec Thora l'Arkonide.

Reprogrammé en 2044, le Régent d'Arkonis reconnaît Atlan comme nouvel Empereur sous le titre de

Gnozal VIII. Les Droufs, peu après vaincus par les Arkonides, les Francs-Passeurs et les Terraniens coalisés, sont renvoyés à leur univers d'origine.

Alors que Thomas Cardif trahit la Terre au profit des Marchands Galactiques, Perry Rhodan perd son épouse, Thora, puis son fidèle ami Krest.

CYCLE 3 : LES BIOPOSIS (2102-2114)
Volumes français 44 à 65

En 2102, à bord d'une frégate dotée d'un tout nouveau propulseur linéaire, Perry Rhodan échoue dans le Système Bleu, enclos par un écran énergétique et domaine des orgueilleux Akonides, lointains ancêtres des Arkonides. Alors qu'éclatent de terribles antagonismes entre Akonides et Terraniens, d'innombrables mondes de la Voie Lactée sont contaminés par une drogue pernicieuse. Les Antis, prêtres fanatiques nantis de facultés anti-psi, manipulent Thomas Cardif qui usurpe incognito la place de son père avant d'être détruit par une ruse diabolique de l'Immortel de Délos. Perry Rhodan entre alors en possession d'un activateur cellulaire.

Le danger constitué par le Régent positronique d'Arkonis est définitivement écarté lorsque Atlan et quelques Terraniens, grâce à un saut temporel vers le passé, le mettent pour de bon hors d'état de nuire.

En 2112, en plein espace intergalactique, la race humaine plonge dans un conflit opposant les invisibles Laurins à un peuple de robots, les Bioposis. Un an plus tard, Perry Rhodan découvre le Monde-aux-Cent-Soleils, patrie de ces créatures mi-machines, mi-organiques, résout l'énigme posée par leur existence et les appuie pour vaincre les Laurins. Il fonde alors l'Alliance

Galactique dont il devient le Grand Administrateur sous le titre inchangé de Stellarque de Sol.

CYCLE 4 : LE DEUXIÈME EMPIRE (2326-2329)
Volumes français 66 à 87

En deux cents ans de calme relatif, les Terraniens ont assis leur nouvelle position parmi les divers peuples galactiques. Perry Rhodan perd nombre de ses amis et proches collaborateurs qui ne reçoivent pas à temps l'un des vingt-cinq activateurs cellulaires éparpillés par l'Immortel à travers la Voie Lactée peu avant la disparition – voire l'anéantissement – de la planète Délos.

2326 voit surgir une nouvelle menace pour les explorateurs de la Galaxie : les monstrueux annélicères. Sur la trace de ces énormes créatures, les hommes rencontrent les ressortissants d'un Deuxième Empire galactique, les Bleus qui occupent l'Est de la Voie Lactée, à l'opposé de Sol. Ces êtres au farouche désir d'expansion possèdent des vaisseaux quasi indestructibles grâce à leurs blindages de molkex. En 2328, des savants humains découvrent le moyen de détruire le molkex et cet atout met un terme définitif au conflit.

Durant cette période, de plus en plus de colonies terraniennes ont entrepris de lutter pour leur indépendance. Ainsi Plophos dont le dictateur, Iratio Hondro, fait enlever Perry Rhodan et quelques-uns de ses proches. Le Stellarque et ses compagnons ne sont sauvés qu'au bout d'une errance de près d'un an au voisinage du Centre galactique. Destitué, Hondro meurt après avoir attribué son activateur cellulaire à Mory Abro, qui devient la seconde épouse de Rhodan.

CYCLE 5 :
ANDROMÈDE ET LES MAÎTRES INSULAIRES
(2400-2406)
Volumes français 88 à 137

En 2400, à bord de sa nef amirale, le *Krest II*, et en compagnie du Halutien Icho Tolot, Perry Rhodan surgit au centre d'un réseau de transmetteurs de matière reliant le centre de la Voie Lactée à la Nébuleuse d'Andromède. À côté des pièges machiavéliques qui les attendent dans l'abîme intergalactique, les Terraniens se heurtent à de nouveaux adversaires, les Maahks (ou Méthaniens), dont une forteresse spatiale attaque bientôt la station régulatrice du transmetteur du cœur de notre Galaxie. Grâce à plusieurs opérations d'infiltration, l'invasion de la Voie Lactée organisée par les Maahks est évitée de justesse.

Dès 2402, les Terraniens parviennent à pénétrer davantage à l'intérieur d'Andromède en s'appuyant sur des têtes de pont établies dans les micronébuleuses voisines, Andro-Alpha et Androbéta. Ceux qui détiennent l'hégémonie sur Andromède apparaissent comme une poignée d'êtres auréolés de mystère, les Maîtres Insulaires. Tous les moyens leur sont propices pour neutraliser les Terraniens, y compris les manipulations temporelles. Le nouveau vaisseau-amiral de Rhodan, le *Krest III*, est ainsi projeté à plus de cinquante mille ans dans le passé : sur la Terre, l'Impérium de Lémuria se défend alors désespérément contre les belliqueux Halutiens. Effectuant le même plongeon mais perdant tout espoir de retour, la barge spatiale *Dino-III* et son équipage rendent possible le sauvetage du *Krest III* qui regagne enfin le temps présent.

Les tyrans d'Andromède focalisent leurs actions suivantes sur la Voie Lactée et contre l'Empire Solaire. En 2405, suite au pacte de paix conclu entre Terraniens et Maahks puis à la destruction de la route des transmetteurs reliant Andromède et la Galaxie, les Maîtres Insulaires sont éliminés les uns après les autres. C'est Atlan qui, au final, remporte le duel décisif contre Faktor I, le Maître suprême – une femme habitée par une volonté de puissance hors du commun et qui avait au préalable réussi à le séduire.

Février 2406 marque le début d'une accalmie de vingt-neuf ans au cours de laquelle Perry Rhodan et ses collaborateurs mettent tout en œuvre pour que l'Empire Solaire se relève des difficultés qu'il vient de traverser.

CYCLE 6 : M 87 OU LES CONSTRUCTEURS DU CENTRE (à partir de 2435)
Volumes français 138 à 187

Année 2435 : leur incursion involontaire dans le passé, au cours des péripéties précédentes, a attiré sur les Terraniens l'attention des Gardiens Fréquentiels ou Bi-Conditionnés, des policiers temporels dotés d'astronefs semi-organiques, les Dolans. Inflexibles et refusant toute argumentation, ils attaquent l'Empire Solaire… Avec son vaisseau amiral, un ultracroiseur de 2 500 mètres de diamètre, Perry Rhodan subit l'effet d'une de leurs armes et est déporté à 32 millions d'années-lumière de la Voie Lactée, à l'intérieur de la galaxie géante M 87 que gouvernent les énigmatiques Constructeurs du Centre.

M 87 se révèle être la patrie des Bestians, ancêtres communs des Halutiens et des Bi-Conditionnés : créés par manipulations génétiques pour être les soldats de cette galaxie, ces êtres monstrueux et indomptables se sont révoltés il y a plus de 60 000 ans… Seuls quelques-uns d'entre eux ont réussi à fuir la contre-offensive des Constructeurs du Centre, certains atteignant la Voie Lactée – où ils ont donné naissance aux Halutiens – et d'autres s'installant dans les Nuages de Magellan – les Ulebs, ancêtres des Bi-Conditionnés. Développant une véritable paranoïa à l'idée que les Constructeurs pourraient tenter de les éradiquer en agissant sur le passé, ils ont développé tous les moyens imaginables pour faire échec à toute expérimentation temporelle et éliminer tous ceux qui oseraient de telles pratiques.

C'est dans ces deux petites galaxies naines que les Terraniens, en 2437, doivent porter leurs efforts pour mettre un terme à la menace. Mais la nouvelle vague d'assaut massif des Bi-Conditionnés contre la Terre, malgré les armes que celle-ci a héritées des anciens Lémuriens, n'est repoussée que grâce à l'intervention lourde des Halutiens. Pire encore : une flotte des Constructeurs du Centre et de leurs mercenaires surgit soudain dans la Voie Lactée. Certes, ils anéantissent les Ulebs grâce à leurs moyens technologiques supérieurs, mais ils posent un ultimatum à l'Humanité : exterminer les Halutiens, qu'ils assimilent aux Bestians. Catégorique, Perry Rhodan refuse de trahir ses alliés et doit menacer de frapper sans merci pour renverser définitivement la situation devenue critique. Une fois les souverains de M 87 repartis pour leur galaxie-patrie, non sans avoir signé un traité de non agression, l'Empire Solaire et la Terre n'ont plus qu'à panser leurs blessures…

VOUS CONNAISSEZ DÉJÀ ATLAN, LE SOLITAIRE DES SIÈCLES

Atlan d'Arkonis
[illegible] VIII, souverain du Grand Empire
[illegible] Amiral de l'Organisation des Mondes Unis
[illegible] de Perry Rhodan, [illegible]

DÉCOUVREZ ATLAN, LE PRINCE DE CRISTAL

[illegible]
[illegible] d'un fabuleux empire [illegible]
[illegible]
[illegible] d'un passionnant [illegible]
[illegible] de mystérieuses sciences [illegible]

RENDEZ-VOUS AVEC

« TRAQUE SUR CORTAVOR »
« LE PRINCE DE CRISTAL »
« LES PIÈGES DE KRAUMONN »
« LE MONDE DES MILLE TORTURES »
« LA BARRIÈRE COSMIQUE »
« LE BIO-PARASITE »
« LA RONDE DES CRATÈRES »
« LE CHAOS ET L'ORDRE »

LES HUIT PREMIERS VOLUMES
DE NOTRE COLLECTION « ATLAN »

DISPONIBLES CHEZ VOTRE LIBRAIRE

Achevé d'imprimer sur les presses de

BUSSIÈRE

GROUPE CPI

à Saint-Amand-Montrond (Cher)
en septembre 2004

FLEUVE NOIR
12, avenue d'Italie
75627 Paris Cedex 13
Tél. : 01-44-16-05-00

— N° d'imp. : 44819. —
Dépôt légal : octobre 2004.

Imprimé en France